लामट बेटा

(कथा संग्रह)

रामानुज 'अनुज'

PG PUBLICATION

दिल्ली-110089, (भारत)

संस्करण : 2019
ISBN : 978-81-943471-0-1

प्रखर गूँज पब्लिकेशन
एच-3/2, सेक्टर-18, रोहिणी, दिल्ली-110089
दूरभाष : 7982710571, 7838505899

प्रथम संस्करण : 2019

आवरण : दुर्गाप्रसाद

लामट बेटा

By Ramanuj 'Anuj'

Published by
PRAKHAR GOONJ PUBLICATION
Delhi-110089
E-mail : prakhargoonj@gmail.com
 sinha.neelu123@gmail.com
011-27851059, 7982710571, 7838505899

क्रम तालिका

'एक आलेख'

श्री रामानुज 'अनुज' ने अपना नया प्रस्तावित कथासंग्रह 'लामट बेटा' मुझे पढ़ने के लिए भेजा। अब क्योंकि मैं रामानुज 'अनुज' की कई पुस्तकें, विविध विधाओं में, पढ़ चुका हूं, मुझे तनिक भी संदेह नहीं था कि रामानुज 'अनुज' की कलम से जो भी पुस्तक निकली है वो 'श्रेष्ठ' के सिवाय किसी और विशेषण से नहीं नवाज़ी जा सकती। इसी विश्वास के साथ मैंने इस पुस्तक को भी पढ़ना आरम्भ किया।

इस पुस्तक में 15 उत्तम कहनियों को शामिल किया गया है। पढ़ना शुरू करते ही जिस चीज़ ने मुझे सबसे पहले प्रभावित किया वो है इस पुस्तक की ठेठ बघेली भाषा का ठसका। कई पात्र इसी भाषा को बहुत जीवंत रूप में बोलते हैं। और इस बात का भी ध्यान रखा गया है कि जिस पात्र पर यह भाषा लागू ना हो, वह इसे न बोले। इसीलिए ये भाषा-प्रयोग आपको बिलकुल भी थोपा हुआ नहीं लगता। कई प्रयुक्त शब्द पाठक को इस भाषा के क्लिष्ट रूप से भी अवगत करा जाते हैं। जैसे लेखक 'मार्गशीर्ष' या "सर्दी का महीना' लिखने की बजाय 'अगहन का महीना' लिखना पसंद करता है। लकड़ी की ठूंठ को लेखक 'चैला' कहता है तो 'टांग अड़ाने' को 'टिडिंगी मारना' कहता है। स्वयं मेरे लिए पुस्तक के शीर्षक में प्रयुक्त 'लामट' शब्द एक नया शब्द था।

पहली कथा ही जैसे आपके उनींदेपन को झकझोर देती है और आपको मजबूर कर देती है, अपना ध्यान केन्द्रित कर के पढ़ने के लिए। 'सधुआ' नामक एक घुमक्कड़ व्यक्ति की कहानी जिसे अपनी बरसों पहले गंवाई हुई पत्नी मिलती भी है तो एक आश्रयदाता वेश्या के रूप में। वो वेश्या जिस पर समाज अपना अधिकार समझाता है उसीके, खुले घर की रक्षा करती है एक कुतिया (लाजो)। इसी कथा का एक चुटीला मगर चुभता हुआ संवाद…"ये गांव नहीं है, ये कस्बा है, यहां लोग घर में नंगे ही रहते हैं, बाहर जाते हुए कपड़े पहन लेते हैं", लेखन की शैली को स्थापित कर जाता है।

लेखक की पकड़ समाज के अलग-अलग तबकों पर कमाल की है, चाहे वो अंधा भिखारी हो, वेश्या हो या किन्नर। लेखक प्रत्येक पात्र में से एक चुटीला मगर मार्मिक व्यंग निकाल ही लेता है। समाज की मानसिकता को दिखाती है कथा 'तरीके अपने-अपने'। ये कथा बहुत ही छोटी है, खटकने की सीमा तक, पर जो कहना चाहती है, कह जाती है।

रामानुज 'अनुज' की कहानियां जब निरे कल्पनालोक से निकल कर किसी वास्तविक घटना के इर्द-गिर्द घूमने लगते हैं तो इनकी कलम की क्षमता अपने पूरे निखार पर आ जाती है। पुस्तकों के महापर्व, 'पुस्तक मेला' पर आधारित इनकी कथा 'किताबों का महा रेला' पुस्तकों और उनकी दुनिया की कई बातों को उजागर कर जाती है। अपनी पुस्तकों के प्रति लेखक का प्यार इस कथा में साफ़ उभर कर आता है। लेखक का बहुत ही आत्मीयता से कहना कि "एक हाथ बढ़ाइये किताबों की तरफ, वे दोनों हाथों से आपको बाहों में भर लेंगी" उसके पुस्तक-प्रेम को पुत्र-प्रेम के समकक्ष रख देता है।

रामानुज जी की कथाओं में नारी पात्र सिर्फ खानापूर्ति के लिए नहीं होते वरन उनकी अपनी एक बहुत बड़ी जगह होती है। उनकी अधिकांश कहानियां, भले ही पहले पठन में ना लगें, किसी न किसी नारी पात्र के चारों और घूमती नज़र आती हैं। लेखक कभी तो उन्ही के मुंह से उनकी वेदना, भावना, प्रेम, घृणा सब कुछ बुलवा देता है तो कभी यही सब कुछ किसी पुरुष पात्र के मुंह से करवा देता है। और इसी प्रक्रिया में लेखक अक्सर बहुत गूढ़ दर्शन या फिर कटीला व्यंग परोस देता है। इसी की मिसाल देखिये इन कथनों में –

"ये सब हिन्दू" मुसलमान क्या होता है मुझे नहीं पता, मैं तुमसे प्यार करता हूं ...... "परिस्थितियां जब प्रतिकूल हों तब अनचाहा भी चाहा की तरह एक सीमा तक कुबूल करना चाहिए"......"सोते हुए पुत्र और पत्नी का त्याग करके पलायन करना कायरता है....मैं ऐसा हरगिज़ नहीं होने दूंगी।" (कथा 'चिरिआ')..... गुलाबो चली गई थी, लेकिन उसकी समझ में

ये नहीं आया कि रमन बाबू की हमेशा दबी रहने वाली बायीं आंख, आज खुली हुई क्यों है (कॉल बेल) ....अपने-अपने हिस्से की परेड सब को करना है (खोक्खन सिंह)..... सूअर से सूअर ही पैदा होता है, आदमी नहीं (लामट-बेटा) ....नवीनता प्रदत्त करना नियति का काम है, भले ही हम उसे स्वीकृति ना दें (आखिरी पराजय)

रामानुज 'अनुज' की कहानियां ज्यादातर भूतकाल के सन्दर्भ में लिखी हुई प्रतीत होती है मगर उनमें वहीं समाज और वहीं सामाजिक रीतियां-कुरीतियां नज़र आती हैं जो कमोबेश आज भी मौजूद हैं। इन सामाजिक तथ्यों को लेखक की लेखनी ठीक वैसे ही पकड़ती है जैसे पानी में निश्चल खड़ा बगुला मछलियों को। लेखक समाज की त्रुटियों पर प्रहार भी करता है। 'मंगला' नामक कथा में जब नपुंसक शिशु जन्म लेता है तो उसे हिंजड़ों की टोली से बचाने के लिए उसकी माँ उसके साथ घर तक छोड़ देती है। 'बेड नंबर 40' नामक कथा में बेटा अपने पिता की लाश को घर तो ले जाता है मगर अपने मित्र के पिता की लाश कह कर। कितना मार्मिक है ये सब।

लेखक ने एक बहुत पुरानी परंपरा (जो आज फिर जीवित हो रही है) उसको भी भली-भांति प्रकाश में लाया है। 'किस्सागोई' जो कि पहले बहुत ही प्रचलित और प्रसिद्ध थी, उसको दो कथाओं में बहुत ही मनोरंजक तरीके से दिखाया गया है। किस्सागोई में दंतकथाओं का प्रयोग भी रोचक तरीके से प्रस्तुत किया गया है।

शीर्षक-कथा 'लामट-बेटा' बहुत कोमलता से मगर मज़बूती से छूती है उन बच्चों की मानसिक अवस्था को जिनके बाप का उनकी माँ को भी पता नहीं। थक-हार कर वो बच्चा इश्वर से प्रार्थना करता है कि ..."मुझे अगले जन्म में सूअर की औलाद ही बनाना" इसी कथा का स्वप्न-प्रसंग बहुत ही मार्मिक और समाज को उपदेश देता हुआ बन पड़ा है जिसमें उस बच्चे की मृत माँ उसे लामट का अर्थ समझाते हुए कहती है कि अगर वो चाहे तो अपना सब कुछ बदल सकता है जैसे नाम, धर्म और यहां तक की किस्मत भी।

लेखक इतनी सहजता से समाज को बहुत मूल्यवान सन्देश दे जाता है कि वो सीधे पाठक के मन में उतर जाते हैं। इसी तरह किताबों के बारे में रामानुज 'अनुज' कहते हैं कि मानव-मन की भीतरी व्याधियों का इलाज सिर्फ़ और सिर्फ़ पुस्तकें ही कर सकती हैं और वो भी बहुत ही सस्ते में।

रामानुज 'अनुज' जिस भी विधा में लिखते हैं उसमें 'दर्शन' का होना स्वाभाविक है। इतना गहन विचार और इतनी सुलझी हुई सोच बिना 'दर्शन' के हो ही नहीं सकती। इसी पुस्तक की एक कथा 'आखिरी पराजय' में वो एक अधेड़ और हारे हुए पुरुष के मन में उठने वाली कोमल तरंगों को बहुत सुन्दरता से दिखाते हैं। "नवीनता प्रदत्त करना नियति का काम है, हम भले ही उस नवीनता को स्वीकृति ना दें" इस नवीनता के प्रस्फुटित होने की प्रक्रिया में लिखे गए संवाद दर्शनशास्त्र के किसी भी विद्यार्थी के लिए अभ्यास के विषय हो सकते हैं। इसी तरह एक अन्य कथा 'चित्र-रेखा' में एक नग्न मूर्ती का एक पुरुष (लेखक स्वयं) से संभाषण और उस मूर्ती का पुरुष को अपनी भीतर समाहित करना और वो भी मात्र इसलिए कि वो उस मूर्ती की मानसिकता समझ सके, लेखक की दर्शन से प्रभावित दृष्टि को स्पष्ट रूप से दिखाता है। पुरुष के एक प्रश्न के उत्तर में उस नारी-मूर्ती का बहुत सशक्त तर्क ..... "अश्लीलता तुम्हारे चित्त और अन्तःकरण के विकार हैं, सृष्टि में कुछ भी अश्लील नहीं है, जो कुछ गोचर-अगोचर है सब श्लील है", कितनी बड़ी बात कह जाता है।

और क्या कहूँ? रामानुज जी को इतना पढ़ा है कि पढ़ने से पहले ही इस बात का तो विश्वास हो ही जाता है कि हम जो भी पढ़ने वाले हैं, वो एक बहुत ही स्तरीयकृति होगी और ये विश्वास इस पुस्तक 'लामट-बेटा' को पढ़ने के बाद और भी गहरा हो गया। एक ऐसी पुस्तक जो समाज के दोषों को दिखाने के साथ ही उन्हें दूर करने का एक आव्हान भी देती है। उच्च कोटि का दर्शन भी प्रस्तुत करती है और सब कुछ बहुत ही मनोरंजक तरीके से। अगर एक पंक्ति में कहूं तो ये पुस्तक सिर्फ़ पठन-योग्य ही नहीं

बल्कि संग्रह-योग्य भी है।

आदरणीय रामानुज 'अनुज' को मेरा सादर अभिनन्दन और हार्दिक शुभकामनाएँ।

विवेक कवीश्वर

नई दिल्ली

(कवि, समालोचक, नाट्चकार, अभिनेता)

इस पुस्तक की भाषा शैली देवनागिरी हिंदी के साथ साथ उस समाज में प्रयोग में आने वाली बोली, तत्सम, तद्भव, देशज आदि शब्दों के साथ साथ आंचलिक शब्दों को लेकर कथा को विशिष्टता प्रदान करते हुए चरित्रों और घटनाओं के साथ प्रवाहित होती है। पाठक शब्दों को केवल मानक हिंदी के स्तर पर न परखते हुए पुस्तक का आनंद लें।

रामानुज 'अनुज'

रामानुज 'अनुज' कथा जगत के बेताज बादशाह

कथाकार रामानुज 'अनुज' का कथा संग्रह 'लामट बेटा 'मैंने कई बार पढ़ा, तदनु मनन किया। इसमें गुम्फित पन्द्रह कथाएँ इतनी हृदयग्राही हैं कि एक बार पढ़ना शुरू कर देने पर बीच में विराम नहीं लगता है। ये कथाएं समाज का प्रतिबिम्ब हैं। इसमें समाज का दुःख, पीड़ा, नैराश्य आशावाद, कुत्सा-विद्रूपता एवं उसके विरुद्ध क्रांति, गरीबी, भुखमरी, बेरोजगारी, व्यभिचरण का दृष्टि-पत्र एवं उसके उन्मूलन की सरणि का चित्रण है। पात्रानुकूल भाषा का प्रयोग कथाओं को चारुतर एवं बोधगम्य बना देता है।

समर्पण में ही अनुज ने 'क्योंकि अपनी माटी कोमल आँसू से सन जाती है' कहकर कथाओं में गाँव की माटी, आचार-विचार, रहन-सहन, संस्कृति के कुंज में फुल्ल-प्रसून होने का संकेत कर दिया है। जिसके मात-पिता का पता न हो, जो समाज में तिरस्कृत हो, जिसे चोर उठाईगीर माना जाता हो, जो घूरे से पन्नी, कांच, लौहखण्ड आदि बीनकर और कंचू की दूकान पर बेचकर अपना उदर पोषण करता हो, ऐसे 'लामट बेटा' के नाम कर दिया गया है यह कथा संग्रह। यह लामट- भी अपने को परमात्मा की सन्तान मानकर अपना भाग्य खुद लिखने के लिए आगे बढ़ जाता है। यह है अनुज का सकारात्मक लक्ष्य।

कथा संग्रह का श्रीगणेश 'साधूआ' से होता है। सधुआ, साधू, साधूलाल बना दिये जाने के बाद भी 'सधुआ'। ही रह जाता है। उसकी पत्नी 'लाजो' बलात्कार का शिकार होने, कोठे पर बेंचे जाने पर भी भागकर श्रम से जीविकोपार्जन करती है, और अंत में श्रम एवं निश्छलता की मूर्ति अपने पति 'सधुआ' के साथ मिलकर दाम्पत्य के आनन्द-रस में निमग्न हो जाती है। दूसरी कथा 'तरीके अपने-अपने' में अंधे और किन्नरों के प्रति लोक व्यवहार का सहज और मनोवैज्ञानिक चित्रण है। यक एक लघुकथा है। 'किताबों का

महारेला' दिल्ली पुस्तक मेले पर लिखा गया रिपोर्ताज़ है। यह किताबों के महत्व को 'एक हाथ बढ़ाइए किताबों की तरफ वे दोनों हाथों से आपको बाहों में भर लेंगी।' कहकर सुव्यक्त करता है। 'चिरिया' श्रम, रंगदारी, अन्याय के विरुद्ध पराक्रम, निर्विकल्प प्यार की मनोवैज्ञानिक कथा है। 'कॉल-बेल में में परिवार के बिगड़ते-बनते सम्बन्धों का मनोवैज्ञानिक चित्रण तथा 'पुरुष-नारी बिना जीवित नहीं रह सकता' की यथार्थ घोषणा है। डॉक्टर मेजर हिम्मत सिंह जैसे स्वयं निर्मित व्यक्तित्व 'खोक्खन सिंह' नाम को वात्सल्य से ओत-प्रोत पाते हैं। वे सेवानिवृत्त पश्चात अपने गांव में चिकित्सा-सेवा का मार्ग चुनते हैं, किन्तु उनके सत्कर्म से झोला छाप डॉक्टरों, पण्डों, तांत्रिकों के कार्य में बाधा पड़ती है और वे उन्हें मौत के मुँह में धकेल देते हैं। 'गिद्धराज की जै' कथा में कथाकार ने कथावाचक को भी उपस्थित कर दिया है। श्रोता सीधे कथा सुन रहे हैं और आततायियों, आतंकियों, कुकर्मियों और शोषकों को प्रकृति किस तरह से नष्ट करती है, उनकी प्रसन्नता और उत्साह का विषय है। 'मंगला मजदूरों के शोषण से प्रारम्भ होकर अत्यंत सकारात्मक चिंतन पर समाप्त होती है, जिसमें माँ अपनी सद्य जात सन्तान को पुरुष-स्त्री से इतर होने पर भी वात्सल्य लुटाने के लिये अपने सीने से चिपकाए बाहर निकल जाती है। सब प्रकार से सम्पन्न होने पर भी अपने पिता के प्रति नैतिक कर्तव्य का निर्वहन न करने वाले ऊँचे लोगों की हीनता कथा है 'बेड नम्बर 40'। किस्सागोई पर कथा है, 'पण्डित किस्सूलाल' 'किस्सागो का सुयश सदा समाज में चिर स्थायी रहेगा।'

'आखिरी पराजय' पराजय में जय तलाशती है। 'इतना बहुत है' स्वच्छता अभियान में बोलने और झाड़ू के साथ फोटो खिंचाने की व्यंग्य कथा है। 'बजरंगी' संयोग से पहलवान बन जाते हैं फिर गाँव में किस्सागो बनकर लोगों का मनोरंजन करते हैं। 'चित्ररेखा' मनोवैज्ञानिक रेखाचित्र है, यह कथाकार के निज काया प्रवेश-परकाया प्रवेश का साक्ष्य है। यह कथाकार-शिल्पकार का उच्चतम सत्कार भाव है।

जिस प्रकार काव्य में समुचित पद-विन्यास की अपेक्षा की जाती है, केवल मात्रा गणना मात्र से काव्य, काव्य नहीं होता है, वैसे ही कहानी में जीवंतता और सच्ची होने की प्रतीति अनिवार्य होती है। केवल कहानी के तत्त्वों का सन्निवेश मात्र कर देने से या तकनीक का सही प्रयोग कर देने मात्र से कहानी कहानी नहीं हो जाती। इसीलिए अनुज ने अपनी कहानियों को कथा नाम देते हैं, जिससे कोई नीरस मापदंडों से कहानी को कसते-कसते कथा-रस-पान से चूक न जाए। इस कथा संग्रह में लोक कथा, सत्यकथा, रिपोर्ताज़, संस्मरण, रेखाचित्र एवं सत्य सी प्रतीत होने वाली काल्पनिक कथाएं संग्रहित हैं। कथाकार ने कथा के सम्बंध में अपना दृष्टिकोण कथाओं के माध्यम से ही व्यक्त किया है कि कथाएं अपने बीच की हों आस-पास की हों, देखी-सुनी, भोगी, समझी हों, अनुभूति-परक हों, किस्सागो या अन्य पात्रों द्वारा कहीं गयी हों और सर्वाधिक यह कि श्रोताओं और पाठकों के हृदय में प्रवेश करने वाली हों, उनका मनोरंजन भी करें और उन्हें सोचने के लिए विवश भी करें।

'लामट बेटा कथा संग्रह पाठकों और श्रोताओं के लिए पाथेय है, चिंता एवम गलत चिंतन से उनलप्त राहगीरों के लिए छायादार वटवृक्ष है। दर्द से कराहते हुये लोगों के लिए 'बाम' है। पूंजी पतियों, शोषकों, आततायियों, उत्कोच-भोगियों, असमाजिक तत्त्वों के लिए 'बम' है और अंततः प्यास से शुष्क-रसनामुक्त समाज के लिए रस का उत्स है। ये कथाएं सिद्ध करती हैं कि रामानुज 'अनुज' कथा-जगत के बेताज बादशाह हैं। लोक जीवन, लोक संस्कृति एवं माटी के मूल्यों से रस-मस करके इन कथाओं को संजीवनी बनाया गया है। संग्रह की एक-एक कथा 'अनुज' को श्रेष्ठ कथाकार किंवा लोक प्रिय साहित्यकार सिद्ध करती है।

रामानुज 'अनुज' की साहित्य साधना एवं सर्जना से मैं अत्यंत प्रभावित हूँ और मुझे यह कहने में कतई संकोच नहीं है कि साठ साल की साधना से

मैं वहाँ तक नहीं पहुँच पाया जिसके आगे निकल गये हैं रामानुज 'अनुज' अपनी कुछ सालों की सघन साधना से। वरिष्ठ (वय) में होने के नाते मैं सुभाशीष व्यक्त करता हूँ और शुभकामनाएँ सम्प्रेषित करता हूँ की शतायु होने तक उनकी साधना शास्वत रहे, सतत रहे। वे लोक शिवत्व के चिंतन एवं लेखन से सुशोमण्डित होवें।

डॉ० अमोल बटरोही

वरिष्ठ शिक्षाविद, कवि एवं समीक्षक

आचार्य नगर रतहरा रीवा (मध्यप्रदेश)

बेटादइन

समर्पण

मुल्क की

उस देसी माटी को

जहां.......

'एक कहानी कहते-कहते, एक नई बन जाती है।

बात-बात की कहा-सुनी पर जंग नई ठन जाती है।

नाते-रिश्ते प्रेम-मुहब्बत फिर भी कायम रखते हैं,

क्योंकि अपनी माटी कोमल, आँसू से सन जाती है।'

रामानुज 'अनुज'

सधुआ

नाम साधू लाल लेकिन साधू जैसी कोई वेष-भूषा नहीं, सर में जटा जूट नहीं, न लँगोटी, न लँगोटी के साथ-साथ पेट पीठ ढ़कने वाला रामनामी उपन्ना, न लिलार के मैदान पर लाल पीला पुता चंदन वन, न चिमटा न कमंडल, न जेहेन में कोई रामायण की चौपाई न गीता के श्लोक, कुछ भी नहीं....जाने क्या सोच विचार के इसके मां बाप ने साधू नाम रख दिया था। इसका नाम पहले 'सधुआ' था, भला हो आधार कार्ड बनाने वालों का जिन्होंने 'सधुआ' को साधू लिख दिया, शायद उन्हें अंग्रेजी में सधुआ लिखना मुश्किल लगा होगा, रही सही कसर मतदाता परिचय पत्र बनाने वालों ने पूरी कर दी......साधू लाल लिखकर।

वरना है कोई माई का लाल जो हुआ है, आज तक सधुआ से साधू....बसन्ता जिंदगी भर बसन्ता रहा और स्वर्गवासी हो गया बेचारा....बसन्त लाल के पद पर प्रमोशन नहीं हुआ....तो नहीं हुआ। जनाब राही मासूम रजा का देहाती हीरो वैसे ही नहीं बुधई से बुधई परसाद हुआ था, उसका लड़का सुक्खू जब मिनिस्टर बना तब वह भी सुख्खू से सुखी राम बना और बाप को भी बुधई परसाद बनवा दिया।

तो कहने की बात ये रही कि साधू लाल तकदीर के दम पर सधुआ से तरक्की पाकर साधू लाल हुआ था, लेकिन उसे इस बात का जरा सा भी घमण्ड नहीं था....साधू को आखिर किस बात का घमंड।

साधू लाल का कोई जिंदा या मुर्दा माई-बाप नहीं था, वैज्ञानिक सोच वाले लोग बताते है कि उसकी शादी तो हुई थी, लेकिन घर वाली साल दो साल रहने के बाद पाला बदल कर दूसरे की घर वाली हो गई थी...सही भी है...साधू का साथ अब कौन देता है....लेकिन साधू भी तो आदमी होता है, उसकी भी आब-आबरू सामान्य आदमी की तरह होती है....इसलिये नमुरौब्बत तकदीर को वहीं पटकनी देकर एक दिन चुपके से वह गांव

छोड़कर कस्बा हीरापुर आ गया...वह कस्बे में दिन भर भूखा प्यासा काम की तलाश में भटकता रहा...लेकिन उस पर किसी को दया नहीं आई.... जूठन तक उठाने की नौकरी किसी ने नहीं दी। घूमते घूमते वह ऐसे घर के पास आ गया जिसका द्वार खुला था.... द्वार खुला देखकर पहले तो ताज्जुब हुआ फिर घर के बाहर किसी को न पाकर उसे घोर ताज्जुब हुआ...वह सीधा द्वार के रास्ते भीतर चला गया....भीतर ज्यादा कुछ नहीं....दो कमरों का कच्चा मकान, बड़ा आँगन..... वहीं आँगन के पूर्वी कोने में पत्थर की पटिया में अर्धवसन में अर्धगौर वर्ण की सुंदर और असुंदर लगने के बीच की, पुष्ट काया की, स्नान को उद्यत, पालथी मारे, अधेड़ वय की नारी को बैठी देखकर वह बाहर को पलटा ही था कि उसने आवाज दिया.....

रुको !!

वह रुक गया।

कौन हो तुम ?? भीतर क्यों आये ??

भूख लगी है। हलक में आ गई जान को किसी तरह भीतर करते हुये वह बोला था।

बाहर चबूतरे में जाकर बैठो।

साधू लाल गृह स्वामिनी का आदेश पाकर बाहर चबूतरे में आकर बैठ गया था, उसे यह सुनकर बहुत अच्छा लगा था कि कम से कम इसने बैठने को बोला है। सहृदय लगती है....खाने को कुछ न कुछ इस घर में जरूर मिलेगा। वह आज्ञाकारी बच्चे की तरह आकर चबूतरे पर बैठ गया, उसी समय कहीं से घूमती-घामती एक काली कुतिया द्वार के बीचो-बीच आकर पसर गई, अब द्वार खुला होने की बात उसकी समझ में आ गई थी, यदि ये थोड़ी पहले आ गई होती तो वह भीतर घुसकर नहाती हुई नारी देह के सौंदर्य का दीदार नहीं कर सकता था।

भीतर से किसी के आने की आहट से वह सम्हाल कर बैठ गया, कंधे पर लटका थैला उतार कर एक तरफ रख दिया, वह महिला रोटी लेकर आयी

थी। पहले कागज के पत्तल पर तीन रोटियां कुतिया के आगे रख दी, वह बिना समय गंवाये रोटियों को उदरस्थ करने लगी, शायद बहुत भूखी थी। दूसरी प्लेट में रखी चार मोटी रोटियां साधू लाल को टमाटर की चटनी के साथ देती हुई बोली....

'क्या नाम है तुम्हारा ??'

'साधू लाल'..रोटियां हाथ में लेता हुआ वह बोला।

'रात कहाँ जाओगे ??'

साधू लाल कुछ नहीं बोला।

'ठीक है, इसी चबूतरे में रात काटो, डरने की बात नहीं, यहीं पर जूलो सोयेगी..लेकिन सुबह होने पर जगह छोड़ देना....सब्जी लगाती हूँ, यहीं पर।' आदेशात्मक लहज़े में वह बोली थी।

'जूलो ?? साधू लाल समझ नहीं पाया था।

'इसका नाम है...उसने कुतिया की ओर इशारा किया।

वह भीतर जा चुकी थी, साधू लाल को कुतिया का नाम 'जूलो' सुनकर ईर्ष्या हुई...कमबख्त इस कुतिया का नाम तो मेरे नाम सधुआ से भी अच्छा है...क्या जमाना आ गया है अब कुत्ते भी 'जूलो-झूलो' हो गये, लेकिन मैं सधुआ का सधुआ, भले सरकार ने नाम सुधरवा कर साधू लाल कर दिया है...लेकिन पँडिताने और ललाने-ठकुराने में तो सधुआ ही हूँ न....ये सब अतर सिंग है, भले महक गोबर जैसी भी न हो....और हम सधुआ से साधू लाल अगर हो गये तो, मुझे जिंदा लील लेंगे... धत्त तेरे की...ये कस्बा ठीक है....कम से कम साधू लाल तो हूँ... यही बहुत है। अरे !! ये क्या जूलो तुम्हें तीन मुझे चार रोटी,..न..न...ये ले आधी और रोटी ...साढ़े तीन, साढ़े तीन, अब हुआ बराबर....कुतिया को आधी रोटी देता हुआ साध ू लाल बोला।

सुबह हो गई थी, भगवान भास्कर अपने घोड़े पर सवार होकर दुनिया

को रौशनी बाँटने आकाश पथ पर निकल पड़े थे....परिंदे अपने-अपने नीड़ से बाहर निकल कर बूढ़े जवान पेड़ो की शाख में बैठकर चोंच हिलाने लग गये थे ....इन सबसे बेखबर साधूलाल पैर को गर्दन तक मोड़े हुए अभी निद्रा में था। जूलो भी द्वार से उठकर इधर-उधर दुम हिलाती हुई धरती सूंघ-सूंघ कर कसरत करने लगी थी। घर की मालकिन दो बार भीतर-बाहर हो चुकी थी....साधू लाल को पड़ा देखकर वह मन ही मन भुनभुनाई जरूर थी...अलबत्ता मुखर नहीं हुई थी।

वह तीसरी दफा कचड़ा फेंकने के बहाने बाहर को निकली थी, साधू को बाहर न पाकर इधर उधर खोजी नजरें दौड़ाई , फिर चबूतरे में रखे झोले को देखकर उसे इत्मिनान हुआ कि अभी आयेगा... तभी दूर से लंबे-लंबे डग भरता हुआ साधू आता दिख गया, उसके नज़दीक आने पर वह तपाक से बोली.....

'मैं समझी तुम चले गये हो, देखो !! लाजो स्वभाव से कड़क जरूर है, लेकिन दिल से बुरी नहीं है, तुम मेरी किसी बात का बुरा मत मानना. .अच्छा ये बताओ तुम कुछ काम- धाम जानते हो??'

जी !!

देखो मुझे...जी....पी....से सख्त नफ़रत है, कड़क बोलो, कड़क रहो...इससे पेट का हाजमा ठीक रहता है, मेरा नाम लाजवंती है....मुझे लाजो बोल सकते हो..हाँ बताओ क्या काम जानते हो'...सर से गिर आये पल्लू को दांत के बीच फँसाकर बोली।

'लाजो जी....म...म...मैं....'

'चोप्प..प !!' मिमियाते हुये लोग मुझे पसंद नहीं, शेर की तरह दहाड़ कर बोलो।

'मैं टूटी हुई चारपाई सुधार कर खड़ी कर सकता हूँ, खिड़की दरवाजे जो खुलते नहीं खोल सकता हूँ, और जो बन्द नहीं होते बन्द कर सकता हूँ... इसके अलावा टूटे-फूटे फर्नीचर....अपना थैले से आरी, बसूला, सुम्मी

निकालता हुआ साधू बोला।

'ठीक है...ठीक है समझ गई...आज ये दरवाजा ठीक करके जाना...मुआ चार बूंद बरखा की का चख ली...मानो कड़क दारू उतर गई हो इसके हलक तक.....उस दिन से बंद होने का नाम तक नहीं लेता.....साला !!' जूलो को रात दिन चौकीदारी करनी पड़ती है.....वह दरवाजे को गाली देती हुई भीतर चली गई।

साधू ने झोले से आरी हथौड़ी निकाला और आनन फानन में ठोंक-पीटकर दरवाजा सही कर दिया...वह अब बन्द हो सकता था, सांकल भी बंद होने लगी थी...लाजो फिर से बाहर आ गई थी..हाथ में रात की बनी दो रोटी और गुड़ की ढ़ेली.....

'लो पानी पीते जाओ...कुछ पेट में पड़ा रहेगा तभी आरी चलेगी, और किसी का खुला द्वार पाकर कल की तरह भीतर मत घुस जाना...ये कस्बा है...तुम्हारा गांव देहात नहीं कि घुस जाओ किसी के घर में.....काकी-भौजी करते हुये.... इधर के लोग पढ़े लिखे और सभ्य हैं, भीतर नंगे रहते हैं...सिर्फ जब बाहर निकलते हैं तब कपड़े पहनते हैं.....ध्यान रखना इस हिदायत का, अन्यथा हड्डी पसली एक कर देंगे.. शाम को लौटकर इधर ही बसेरा करना.....इस कस्बे में लाजो से बड़ा दिल किसी के पास नहीं है।' वह बड़बड़ाती हुई पुनः भीतर चली गई थी।

साधू लाल सुबह रोज बासी रोटी और गुड़ ख़ाकर फेरी लगाने बस्ती की तरफ निकल जाता था, लोगों की बेकार पड़ी, चारपाई, चरर-मरर होते दरवाजे, खिड़कियाँ, टेबल कुर्सी को ठीक करता हुआ शाम को लाजो के घर चला आता था। इस काम में उसे दो सौ से लेकर तीन सौ की आमदनी हो जाती थी, पूरा पैसा शाम को वह लाजो के हाथ में धर देता था.....हाँ बीस रुपये की क्रीम लगी बिस्कुट जूलो के वास्ते लाना भी नहीं भूलता था..जूलो भी उसका इंतजार किया करती थी। उसे देखते ही वह दौड़कर साधू की टांगों से लिपट जाया करती और बिना बिस्कुट खाये साधू को आगे बढ़ने नहीं देती थी। एक दिन रोटी ख़ाकर साधू फेरी पर जाने को तैयार ही हुआ

था कि सामने लाजो आ गई, और उसे टोकती हुई बोली....

'देखो आज शनिवार है...मैंने सोचा है हम लोग भी हफ्ते की छुट्टी शनिवार को मनाया करेंगे, आज तुम काम पर मत जाओ, मै भी सब्जी नहीं बेचूँगी, आज का दिन सिर्फ अपने लिये होगा।'

ठीक है, नज़दीक के बस्ती में घण्टे आध घण्टे का काम है, सुबह करने का वचन दे आया हूँ....उसे पूरा करके लौट आऊँगा। कंधे में थैला लटकाते हुये साधू बोला।

दोपहर का समय था लाजो खुले आँगन में नहा रही थी, बाथरूम नाम का सुसज्जित कक्ष, का दर्शन उसे कभी नहीं मिला था। उसी समय साधू भी काम से वापस आ गया और थैला रखने के लिये आँगन की तरफ गया....वह लाजो को लगभग नग्न अवस्था में नहाता हुआ देखकर आँगन मध्य में ठहर गया....उसके कदमों ने आगे बढ़ने से इंकार कर दिया था... उसके उन्नत पुष्ट वक्ष वस्त्रविहीन किन्तु सुगन्धित साबुन और श्वेत धवल जल के परस्पर मिलन से उठे बारीक बुलबुलेदार झागों की बदौलत पारदर्शी वस्त्र धारण किये हुये प्रतीत हो रहे थे....लाजो सर के बालों को साबुन से धोती हुई किसी गाने की लाइन गुनगुना रही थी, उसे किसी के उपस्थिति का किंचित आभास नहीं था। वह भी अवाक, नारी देह के अद्भुत सौंदर्य को चक्षुओं में भर रहा था, वह बड़ी देर तक ठगा सा अपलक लाजो के खुले जिस्म को निहारता रहा था।

आज की रात साधू के आँखों की नींद उड़ी हुई थी, विचारों के आवाजाही बेरोकटोक चल रही थी, आज सुबह जिस घर के दरवाज़े वह ठीक करने गया था, उसकी गृह स्वामिनी ने पूछ लिया था....'बहुत अच्छा काम करते हो, कारीगर !! कहाँ रहते हो ?? उसके बताये जाने पर कि....' यहीं नज़दीक ही रहता हूँ,.... लाजो के घर में तब वह महिला जोर से हँसकर बोली थी....'अच्छा है.....वेश्या के कोठे में रहते हो।'

तब मैंने दोबारा कहा था....'कोठा नहीं.. घर है, और घर की

मालकिन का नाम लाजवंती है...वेश्या नहीं है।

मुझे क्या ?? लो पकड़ो अपना मेहनताना...वह पचास का मुड़ा-तुड़ा नोट पकड़ाकर कर भीतर चली गई थी।

आंखे बन्दकर सोने की हर कोशिश साधू की नाकामयाब रही...जाने कैसी-कैसी सोच के दलदल में आज साधू फँस गया था, जहां से निकलने का कोई रास्ता नहीं था...आज उम्र के चालीस पड़ाव के बाद उसने नारी देह को पहली बार इतनी निकटता से देखा था....कितना गहरा चुम्बकीय खिंचाव था उस अलौकिक दृश्य में, जो पांवों को एक बिंदु पर स्थिर किये रहा।

तभी उसे लगा कि कमरे में वह अकेला नहीं है...कोई और भी है...भीनी-भीनी इत्र की खुशबू उसके नथुनों में समाने लगी थी। वह फुर्ती से चारपाई से उठा और लाइट ऑन कर दिया....अरे ये क्या देख रहीं है मेरी आँखें....कमरे में अर्धवसन में मुस्कुराती हुई लाजो खड़ी थी।

तुम ??? उसने आश्चर्य से पूछा।

'हाँ मैं....लाजवंती।'

साधू बहुत कोशिश के बाद भी बोल नहीं सका... वह धम्म से चारपाई पर बैठ गया, चारपाई थोड़ी चरमराई फिर शांत हो गई। लाजो भी चारपाई में साधू को तन का सपर्श देती हुई सटकर बैठ गई...चारपाई ने इस बार कोई शोर नहीं उठाया।

'तुम्हारा नाम वेश्या है या लाजवंती ??' अपने जिस्म को दूर घसीटता हुआ उसने सीधा सवाल किया।

'पहले मेरे उस सवाल का जवाब दो साधू लाल जिसने मेरी रातों की नींद हराम कर दी है।'

'कौन सा सवाल ??' उसने चौंकते हुये पूछा।

'तुम अपनी पत्नी को देखे तो होंगे न....यदि अब सामने आ जाये तो

पहचान लोगे?...छूकर, देखकर या आवाज सुनकर?? लाजो ने पूछा

देखा तो है, लेकिन इस तरह से नहीं कि बीस साल बाद भी मिलने पर उसे पहचान सकूँ, वह मुझे छोड़कर पराये मर्द के साथ भाग गई है, उसका नाम लेकर अपनी जुबान गन्दी मत करो।'

'जरूरी है, साधू लाल !! तुमने कभी भी जानने की कोशिश नहीं की वह तुम्हें और तुम्हारे घर को अपनी मर्जी से छोड़कर नहीं गई है....तुम्हें फुर्सत ही कब थी...लकड़ी काटने-छांटने से....तुम्हारी अनुपस्थिति में उसके साथ बलात्कार हुआ...इतना ही नहीं उसे जबरन बनारस की मंडी में रसूलन बाई के कोठे में बीस हज़ार रुपये में बेचा गया था।'

ल..ल.लेकिन तुम्हें कैसे पता??? साधू हकलाते हुये बोला।

'मैं तुम्हारी सखिया हूँ... इस सभ्य समाज की वेश्या हूँ और जिसे आज तुम नहाते हुए एक टक घूर रहे थे...वह लाजवंती भी मैं ही हूँ....ये देखो ....पहचानने की कोशिश करो.... ये चांदी की अगूंठी....जिसे पहली रात में बतौर मुँह दिखाई तुमने मुझे दी थी....आज भी तुम्हारी यादों को सहेजे हुये उँगली से चिपकी है।' वह बायें हाथ की तर्जनी साधू को दिखाकर बोली।

मैं एक-एक की गरदन आरी से रेत डालूँगा....उन कमीनों का नाम बताओ।'

साधू अपनी पत्नी को पहचान चुका था... क्रोध से उसका पूरा शरीर थर-थर कांप रहा था।

शांत हो जाओ, नाम गिनाने से क्या फायदा...नाम लेना शुरू कर दूँ तो उमर गुजर जायेगी। अब मैं और जीना नहीं चाहती....बस्स !! अब तुम्हारी बाहों में दम तोड़ना चाहती हूँ, इतना बोलकर वह तेजी से पलटी और अपने कमरे की तरफ दौड़ गई....साधू भी किसी अनहोनी की आशंका से उसके पीछे-पीछे भागा...लाजो के हाथ में वहीं कटार थी, जिसे कमर में खोंसकर साधू उसे ब्याहने गया था। साधू तत्क्षण उसके हाथ से कटार

छीनकर दूर फेंक दिया और उसके गालो में बह आये आंसुओं को अंगोछी के कोर से साफ करते हुये जोर से बोला.........

'नहीं... नहीं लाजो!! यह महापाप तुम नहीं कर सकती...कसम उन अज्ञात माता पिता की जिन्होंने मुझे इंसान की शक्ल दी, आज से तुम मेरी लाजो हो और मैं तुम्हारा साधू लाल....।'

उसने लाजो को अपनी बाहों में जकड़ लिया था, वह भी जीवन के इस नये अवतरण के नंगे पांवों को खुशी के आँसुओ से पखार रही थी... साधू के मजबूत कंधों में मुँह टिकाये हुये...नई भोर का आगाज होने चला था...साखों में बसेरा लिये परिंदे मंगल गीत गाने लगे थे...जूलो भी दीवार के उस पार से भीतर आने को छटपटाने लग गई थी।

तरीके अपने अपने

शून्य में ताकती दो आँखे उसके अंधे होने का सबूत दे रही थी। वह सचमुच में अंधा था। कमजोर कद काठी ..दुबली पतली काया....और चेहरे पर घास की तरह उग आये बेतरतीव उलझे सफेद बालों से उसकी वय का ठीक ठीक अनुमान लगाना बेहद मुश्किल काम था, ऐसे लोग समय से पहले बूढ़े हो जाते हैं।

ट्रेन स्टेशन में अभी आकर रुकी थी।

'अन्धे को दे दो बाबू'!! भगवान आपको सुखी रहे। 'यही वाक्य बार बार दोहराता हुआ...हर सीट के पास थोड़ा ठहरता, फिर आगे बढ़ जाता था। कुछ रहम दिल इंसान रुपए दो रुपये के सिक्के उसके कटोरे में रख देते थे, कुछ यात्री नहीं देते थे,....कुछ उसे.... 'चल आगे बढ़ चिल्लर नहीं है...कहकर दुत्कार देते थे.... लेकिन वह सबकी खैर मनाता हुआ पीछे के दरवाजे से उतर गया। मेरे सामने की बर्थ में तीन लोग बैठे उसी अंधे को लक्ष्य कर अपने अपने ज्ञान का पिटारा खोल रहे थे...

'यार अच्छा धंधा है..कोई पूंजी नहीं लगानी होती..आराम से एक एक रूपये भी जोड़ लो तो चार पांच सौ तो आराम से कमा लेता होगा।' हरी टी शर्ट पहने अधेड़ से दिखने वाले आदमी ने कहा।

'ये साले बने अंधे है...भीख माँगने के साथ-साथ मौका मिलने पर हाथ की सफाई भी दिखा देते हैं।' दूसरा साथी आगे और भी बोलता कि...किन्नरों का समूह ढ़ोलक और ताली बजाता हुआ डिब्बे में घुस आया....उन्हें देखते ही यात्रियों ने दस दस के करारे नोट पॉकेट से निकालकर हाथ में रख लिये थे।

किताबों का महा रेला...

जब मैं बहुत छोटा था, लेकिन इतना भी नहीं कि आज की तरह के उच्च संस्कारवान, स्वघोषित, बड़े घरों के बच्चों की तरह अपने नेकर, बनियान न सम्भाल पाऊँ.... बहुत कम चीज़ें उपलब्ध होती थी लेकिन थोड़ी जरूरत की बड़ी पूर्ति लगती थी...एक कमीज स्कूल से लेकर नाना के घर तक पीठ में जोंक की तरह चिपकी हुई घूम फिर आती थी....पैरों को जूते नसीब थे ही नहीं इसलिए इस झंझट से मुक्ति। इस लिहाज से गमले में उगे पेड़ के आसपास का खुद को मान लेने में भी हर्ज नहीं है, जो भरपूर खाद पानी का खुराक लेने के बावजूद भी बढ़ने का नाम नहीं लेते.....खैर बात सीधी करते है....नानी जो मेरे साथ पूरे गांव की नानी थी, उससे एक बार पूछा नानी ये बताओ ....

'मेला क्या चीज है? कैसे होता है? क्या क्या मेले में बिकता है? क्या क्या लोग खरीदते हैं?'

नानी ऊँचे डील डौल की सुगठित काया की बलिष्ठ नारी थी.... हालांकि वह पढ़ी लिखी नहीं थी फिर भी किसी सवाल का जबाब न देना उसे मंजूर नहीं था, लिहाजा वह गले को गर्र गर्र की आवाज से साफ करती हुई बोली.....

'ददुआ !! ई मेला मेल जोल का मिला जुला रूप आय...समझो बात का, लइया और गुड के मेल से लुडुइया बनी....ई मान ले अकेले दम कोनव चीज कुच्छ न आहे।'

'और सीटी.... नानी? इसमें कौन सा मेल जोल....मैंने नानी को चुप कराने का उद्देश्य लेकर सवाली फायर दाग दिया।

'अरे !! मूरख हिआँ भी मेल जोल केर बात है, मुँह से मेल न होई त बता सीटी का अपने आप बजी।'

बहरहाल, नानी की फिलॉसफी आज तक ठीक से नहीं समझ पाया हूँ....
मैं अदना सा लेखक, अपने को कुछ मान समझ नहीं पाया, न किसी ने
बताया कि भाई !! तुम भी कवि हो, कविता सुनाया करो, इधर उधर जाया
करो..हँसा-हँसाया करो, भले कोई बुलाये या न बुलाये। लेकिन ऐसा यत्न
कभी किया नहीं, बस अपनी धुन में धूनी रमाये बैठा रहा....शब्दों के
आकार प्रकार से अकेले में ही लड़ता झगड़ता, चैत माह में खेत की मेड़ पर
उकड़ूं बैठे हुये, फसलों के ठूँठ को निहारते हुये किसान की तरह... कभी
हँसा, कभी रोया....गाया तो आज तक नहीं....जबकि बहुत से गानों की
चंद लाइनें आज भी याद हैं। दुख भी जाहिर किया तो खुद से ही...आज
तक किसी को भागीदार बनाया नहीं, न ऐसी कोई मन में इच्छा है।....यही
रवईया आज भी चल रहा है।

लिखते-लिखते कुल जमा सत्रह किताबें किताबगंज के मुखिया डॉ प्रमोद
सागर जी ने बना दी....और मुझे कवि, शाइर और उपन्यास कार की जमात
में घसीटकर खड़ा कर दिया....मुझे तो इनकी सहज सरल बुद्धि पर कभी
कभी तरस भी आता है.....अरे !! 'चीखने चिल्लाने की बात को लेकर
कोई गजल बनती है... न लचकदार बलखाती कमर का पता, न सुराहीदार
गर्दन का पता, न गुलाबी गालों को सहेजे सुकोमल देह सौठव का पता।

दमा के मरीज की तरह, खों खों...घों घों की आवाज से गला खँगारते
हुये... गांव के चरवाहे की तरह नंग-धड़ंग, फ़टी कमीज की आस्तीन से
नाक पोछते हुये....बस्ता लादे स्कूल की तरफ भागकर जाता हुआ गांव
का काला कलूटा हॉफ पैंट की बटन बन्द करता हुआ बिना बाप का स्कूली
लड़का.... पेट पीठ में स्पष्ट अंतर न रखने वाली सूखे ढ़ांचे की नारी,
जिसके उभार उभरने से पहले ही पेट की भेंट चढ़ गये थे.... कोई पढ़ा
लिखा, पण्डित, ज्ञानी, ध्यानी, सवर्ण, कुवर्ण बताये न....... मान लेंगे.....कि
ऐसे माहौल की भी गजल होती है। मैं तो चीखा हूँ, चिल्लाया हूँ.....हर्फ
हर्फ...कोई इसे गजल मान लें तो क्या कहा जाये।

आज भी इस सवाल का उत्तर किसी ने मुझे दिया नहीं है....मैं

भी रुका नहीं हूं...दौड़ रहा हूं....उत्तर की तलाश में, गांव की घुमावदार पगडंडी पर...पूरे यकीन के साथ कि किसी न किसी दिन मुझे यहीं गली मंदिर की दहलीज़ पर ले जायगी जहां पर पूरी कायनात का देव रहता है.. ..उसी के पास होगा इन सब बातों के उत्तर। उससे मिले बिना लौटना मुझे मंज़ूर नहीं है।

इन्हीं चकल्लसों की मथानी में फँसा.. मट्टा घोर ही रहा था कि किताबगंज प्रकाशन के चीफ का फोन आया कि.....'अनुज जी, आपका लिखा उपन्यास 'जूजू' राग देहाती और लेलगाड़ी, विश्व पुस्तक मेले में आपका इंतजार कर रहे हैं...इस समाचार से मेरी नींद उड़ गई....मन तड़फ उठा इन तीनों से मिलने के लिये.....ठीक उस बाप की तरह जो अपने गुमे पुत्र की सूचना पाकर उस दिशा में दौड़ पड़ता है, जिधर से आवाज़ कानों तक पहुँची थी.....अपने बेटे से मिलने के लिये।

मैंने सुना था दिल्ली दिल वालों की है....इस लिहाज से मन मोढ़स तो हुआ लेकिन दवाई के साइड इफेक्ट की तरह मन ही मन यह डर भी रहा कि कहीं प्रगति मैदान की बजाय राम लीला मैदान न पहुँच जाऊँ....क्योंकि दिल्ली का दिल नज़दीक से देखने और स्पर्श करने का मौका मुझे अभी तक नहीं मिला है। ये डर देवता हर जगह बिना टिकिट एंट्री मार देते हैं, चाहे खुशी की बात हो, चाहे गम की बात हो.....मसलन शादी की खुशी पर पहले का डर....'लड़की देखने सुनने में कैसी होगी ...गोरी काली या भेंगी?? और अब........शादी के बाद खर्च कैसे चलेगा... बच्चे होंगे.... स्कूल फीस, ड्रेस कॉपी किताब.....जाहिर है पहले की तुलना में अब डर का ग्राफ बढ़ा है....पहले ये चीज नहीं थी...शादी के बाद की फिक्र भोलेनाथ के ऊपर।

मेरे घर परिवार पर भोलेनाथ की सदैव कृपा की नज़र रही है... अतः यहीं से अज्ञात प्रेरणा लेकर मैने डॉ सुधेन्दु ओझा साहब से फोन पर बात की.......ये भेल नई दिल्ली में राज भाषा प्रभाग के मुख्य प्रबंधक है, इनकी गहन पैठ है साहित्य के हर काल खंड पर.... त्रैमासिक हिंदी साहित्यिक

पत्रिका सम्पर्क भाषा भारती के मुख्य संपादक भी है...लेकिन ये छोटी सी बात हुई मेरे नज़रिये से......डॉ ओझा एक खूबसूरत शानदार, जानदार, हृदय के इंसान है। उनसे मिलने पर सच में यही अनुभव किया। उन्होंने उसी वक्त फोन पर कहा... मेरे ऑफिस आ जाओ हम पुस्तक मेला साथ में चलेंगे....मेरी खुशी का ठिकाना नहीं रहा.... घुमघूम कर मोबाइल में बात कर रहा था....सब ठीक रहा....कहीं टकराकर गिरा नहीं.....मेरी इस खुशी में जिस्म ने पूरा साथ दिया है....अतः उसका धन्यवाद करते हुए निकल पड़ा हूँ विश्व पुस्तक मेला की तरफ एक कम्बल और एक जोड़ी पतलून कमीज बांधे.... बाकी कपड़े शरीर के दुबले पतले बेतरतीब हिस्सो में आड़े तिरछे दबाये हुए.......राम जाने कपड़ो का भारी भरकम बोझ ये कहाँ तक उठा पायेंगे।

वृतांत को डायरेक्ट मेले पर ले चलता लेकिन सफर के दौरान ट्रेन में कुछ कहने योग्य घटित हुआ है, जिसका जिक्र करना जरूरी लग रहा है। आस पास बैठे सहयात्रियों से बातचीत के दौरान जब यह पता चला कि किसी को यह मालुम नहीं है कि किताबों का भी मेला लगता है...कुछ ने तो यहाँ तक बताया कि इस देश में बकरे से लेकर गधों तक का मेला लगता है....जूते से लेकर नाक पोंछने के साफी तक का मेला लगते सुना है, लेकिन पुस्तकों का मेला लगता है, कभी नहीं सुना। मुझे उनके अल्प ज्ञान पर तरस आया...अतः आश्चर्य मिश्रित शब्दों को पान खायी जीभ के ऊपर लाते हुये मैं टपक पड़ा.....

'दिल्ली में कोई मैदान है....जिसे 'प्रगति मैदान' कहते हैं, वहीं लगता है, किताबों का जमघट, दुनिया भर की जिंदा मुर्दा किताबें वहाँ बिकने को आती हैं..हिंदी से लेकर विलायती भाषा तक की नई पुरानी सभी तरह की किताबें वहाँ मिलती हैं....आप लोगों को भी पुस्तक मेले में जाना चाहिये। जिंदगी में भले ही कुछ भी देखा हो, लेकिन पुस्तक मेला यदि नहीं देखा तो समझिये जिंदगी बेकार गई।'

एक वृद्ध सज्जन जो सामने की बर्थ में कम्बल ताने मृतक जैसे पड़े

थे, अचानक दायें-बायें हिल-डुलकर स्वयं के जिंदा होने का सबूत देते हुए बोले....

'मेरी समझ में नहीं आता कि मैदान में मेला लगाने का क्या तुक... अभी बरसात हो जाये तो किताबें गीली हो जाएंगी... धान गेहूँ की तरह जो किसानों से खरीदकर खुले में रखी जाती है....सड़ जाता है अनाज....चूहों तक के खाने के लायक नहीं बचता....आदमी तो सूंघते ही उल्टियां करने लगेंगे। क्या कहें बिन खोपड़ी की सरकार को।'

कौन इन्हें समझाये किताबों के अक्षर तो सदैव गीले ही रहते हैं, लेखक के आँसू पर प्रकाशन जब रंग घोलता है तभी तो रूपवान किताब बनती है, किताब के अक्षरों को वक्त की बरसात या धूल खराब नहीं कर सकती है। फिर भी कमजोर मन को लगा कि वृद्ध सज्जन की बातों में कुछ दम है, कोई ऐसे ही सत्तू पीकर बूढ़ा नहीं हो जाता........लिहाजा मुझे भी फिक्र हो आयी अपनी 'जूजू' की, बेचारा....यदि भीग ही गया तो समझो उसका राम नाम सत्य हो गया ।

आखिरकार मेले तक पहुँच ही गये हम लोग.....विशाल मैदान में विशाल मेला.....किताबों का सज़ा-धजा बाजार, बिजली के झालरों से निकली मोहक रौशनी में आराम फरमाती किताबें, सचमुच भूलोक से इतर अन्य काल्पनिक लोक का आभास देता हुआ पुस्तकों का जमघट .....चकित हो गया मन.....जादू था जादू....साढ़े तीन फुट से लेकर सात फुट तक के कद वाले लेखकों, कवियों की उपस्थिति से मेला और आकर्षक बन पड़ा था...जहां तक नजर जाये किताबें ही किताबें.... समुद्र की तरह कोई ओर-छोर नहीं। हम लोग एक नम्बर के प्रवेश द्वार से बीस रुपये की टिकिट लेकर भीतर दाखिल हुये थे, जबकि प्रवेश के लिए दस से भी ज्यादा द्वार बनाये गये थे....मेले की विशालता का बखान ये प्रवेश द्वार स्वयं कर रहे थे।

हर तरह की पुस्तकें रंग विरंगे परिधानों से दुल्हन की तरह सजी बुक स्टॉल्स की शोभा बनी हुईं थी....आदरणीय ओझा साहब के साथ इधर-उधर झांकते ताकते हुए हम लोग 'किताबगंज प्रकाशन' के स्टॉल तक

आ गये, सहृदय प्रकाशक डॉ प्रमोद सागर हम लोगों का इंतज़ार ही कर रहे थे, उन्होंने सहज आत्मीयता और सहृदयता से हम सबका स्वागत किया।

बहुत से लेखकों, रचना कर्मियों से मुलाकात का सुअवसर मिला, किसी के चेहरे पर हताशा तो किसी के चेहरे पर प्रसन्नता का भाव भी दिखा.... कई नामचीन बूढ़े किन्तु जवान दिल का भरम पाले हुए प्रकाशक अपनी हैसियत के खुले प्रदर्शन से यह बताने में कामयाब ही रहे थे कि... 'हम अब भी वहीं है, जो सौ साल पहले थे....लगता भी है...आखिरकार सब कुछ तो दांव पर लगा दिया है, इतना बड़ा होने में.......मुझे बरबस अपना पुछल्ला शेर याद आ जाता है.....

'जो अधिक ऊँचा दिखे तो, मत 'अनुज' हैरान हो, साज कर गैरों की टाँगे, कद बढ़ा लेते हैं लोग।

तो जनाब उनके कद बढ़ाने में कई छोटी बड़ी टाँगे इस्तेमाल हुई हैं, कुछ ने स्वेच्छा से दान किया होगा, कुछ ने टाँगे बेची होंगी और कुछ की जबरन की काट ली गई होंगी। बहरहाल हम इस बहस में नहीं पड़ने वाले, घूमफिर कर फिर से किताबगंज प्रकाशन के स्टॉल पर आकर एक कुर्सी में जम गये, छोटा पीस अमरूद का जिसमें अपनत्व रस कूट कूट कर भरा था, प्रकाशक जी के हाथ से पाकर तोते की तरह कुतर-कुतर खाने का आनन्द एक अनकहा अहसास है। यहीं पर नाट्य विधा में हर किरदार को जीने वाले कवि लेखक, अग्रज तुल्य विवेक जी, सहित अनेक कहानीकार, व्यंगकार, उपन्यासकार शायर, कवि से मिलकर आश्चर्य मिश्रित खुशी का अहसास हुआ। एक चीज मुझे जो खास लगी......पुस्तक मेले में आया हुआ हर व्यक्ति कुछ न कुछ तलाश में आया हुआ था...मुझे लगता है सभी की तलाश इन किताबों के पन्नों में दर्ज होगी....मेरी नज़रिये से लेखक कोई बड़ा या छोटा नहीं होता, न ही प्रकाशक.....पन्नों में अक्षरों की शक्ल में दर्ज विचार छोटे बड़े हो सकते है।

आज बाहर से स्वस्थ्य सुंदर सभ्य दिखने वाला आदमी भीतर से उस तरह नहीं है..जैसा बाहर से स्वयं को दिखाने की कोशिश में लगा है.....

शायद भीतर से बीमार है ...उसके भीतरी मर्ज की दवा इन पुस्तकों के पन्नों में लिखी गई है....सस्ती दवा.... सौ दो सौ में गारंटीड दवा जो भीतरी मर्ज की इलाज करेंगी....जब आप दुखी होंगे, मन विचलित होगा....तब ये किताबें आपको समझाएंगी, पीड़ित अंश में मरहम लेप करेंगी, हंसाएंगी, और हर मुसीबत के वक्त तनकर खड़े होने का जज्बा भी देंगी.... सब कुछ.... जो भी चाहिए, वो भी तब तक देंगी, जब तक उनके पन्नों की स्याही जीवित रहेगी। इसलिये मेरी गुज़ारिश उन लोगों से है, जो घर में पढ़ने वालो बच्चों के बस्तों से इतर किताबें घर में रखने के आदी नहीं है......'एक हाथ बढ़ाइये किताबों की तरफ वे दोनों हाथों से आपको बाहों में भर लेंगी.... आपकी प्रत्येक शंका का समाधान उनके पास हर वक्त मौजूद मिलेगा।

कहने को बहुत ज्यादा है, लेकिन जहन में छिपी एक जरूरी बात यह है, जिसे पहले बताना मेरा धर्म है, साहित्कारों की बिल्ला लगाये लोगों की जमात बहुत बड़ी है, उनके आगे ये मेला-ठेला कुछ नहीं लगता, भारी-भरकम भीड़ है....सभी लिखने वालों से हाथ जोड़कर अनुरोध है, कि कुछ लेखन की दिशा और दशा को सरलता की ओर ले जाये......तत्सम, तद्भव शब्दों के और न समझ में आने वालों शब्दों के प्रयोग से किताब भले रोचक और अलंकृत बन जाये....लेकिन आम जन की समझ में नहीं आयेगी.... उसे वहीं बोली भाषा समझ में आती है, जिसे ओढ़ता बिछाता आ रहा है। मेरी तरह देहाती पानी का पका हुआ, मिट्टी के ढ़ेले की आंच का सेंका हुआ मन अभी उतना काबिल भी नहीं है।

एक मुशायरे का जिक्र करना चाहता हूँ.... उस साल कालेज की शिक्षा हेतु गांव का स्कूल छोड़कर शहर आया था...मुशायरा प्रौढ़ हो चला था....शायर जी एक शेर की लाइन को बार-बार पढ़ रहे थे....'नज़र की नज़र से नज़र ढूढते है...मेरे हमनशीं मेरा घर ढूढते है।' इन दो लाइनों में बहुत बड़ी बात रही होगी तभी वह बार-बार रिपीट कर रहे थे....लेकिन कितने लोग समझ पाये होंगे....कह नहीं सकता।

फिर भी यह सुखद चश्म रहा कि मेले से बाहर आते समय किताब के रसिक गण भीड़ की शक्ल में मेले के भीतर प्रवेश ले रहे थे....लगता है मेरे मन की कहीं उनके कानों तक आहिस्ता-आहिस्ता पहुँच चुकी है।

डॉ. सुधेन्दु ओझा जी का आते वक्त धन्यवाद न कर पाना मन में मलाल की शक्ल में मौजूद है, फिर मलाल भी किस बात का ?? कुछ चीजें अब भी शब्दों के दम से परिभाषित नहीं हो सकीं है.....सिर्फ महसूसने के लिए हैं। धन्यवाद शब्द छोटा होगा उनके लिये।

'चिरिआ'

वह अपनी मनमर्जी से नागपुर जैसे महानगर में नहीं आया था... तकदीर के हाथों की कठपुतली बना रामप्रसाद मूलतः बिहार राज्य के चम्पारन जिला अन्तर्गत आने वाले गांव पुसई का रहने वाला था, उसके पिता किसान थे, लगभग दस बीघे की काश्तकारी उसके पास थी, वह ज्यादा पढ़ा लिखा नही था। पिता के साथ ही खेती -बाड़ी में हाथ बंटाया करता था। रामप्रसाद के यहाँ सुलेमान नाम का गल्ला व्यापारी अक्सर आया-जाया करता था। सुलेमान इस परिवार का विश्वास पात्र आदमी था। जब कभी रामप्रसाद के पिता को नकदी की जरूरत पड़ती थी, तब उसे ही सुलेमान के घर भेज कर मंगा लिया करते थे...फिर अनाज की विक्री से हिसाब-किताब नक्की कर लेते थे। सुलेमान की तकरीबन बीस-बाइस साल के वय की जवान बेटी 'आयशा' थी, जो गठीले बदन और तीखे नाकनक्श की सुंदर युवती थी, सबसे सुंदर उसकी उन्मुक्त हँसी थी, वह दिल खोलकर हँसती थी, मोती जैसे उज्ज्वल दंत पंक्तियों को बाहर निकाल कर....हँसी से किसी झरने से निःसृत संगीत का भरम होता था।

रामप्रसाद जब किसी काम से उसके घर जाता था तो चोरी-छिपे आयशा को जरूर देखने की फिराक में रहता था। आयशा उसे बहुत सुंदर लगती थी। आयशा भी दुनिया दारी से अनभिज्ञ राम प्रसाद की ओर अनायास खिंच रही थी...कुछ दिनों से रामप्रसाद का आना-जाना सुलेमान के घर तरफ कुछ अधिक ही हो गया था। अब वह बिना काम के ही कोई न कोई बहाना लेकर चला आता था। आयशा भी उसके आने की खबर पाकर सामने आ जाती और उससे बात करने की कोशिश करती।

एक दिन सुलेमान रामप्रसाद के पिता आपस में बैठे मशविरा कर रहे थे......

'भाई !! मकरसंक्रांति का मेला महादेवन घाट का आने वाला है, इस

साल सोचता हूँ... चुरिया-तरकी और बिसातखाने की दूकान मेले में लगा लूँ तो कैसा रहेगा ?? तुम्हारा क्या ख्याल है ??

नेक ख्याल है, तुम्हारे.....तुम्हारी बेगम होशियार है...मोल-भाव की समझ उसे है, वह बेटी के साथ दुकानदारी सम्हाल लेगी... बाकी इंतज़ाम-पात तुम सम्हाल लेना... हम लोग भी भोलेनाथ के दर्शन को जायेंगे, लगे हाथ तुम्हारी दूकान से भी कुछ खरीददारी कर आयेंगे। रामप्रसाद के पिता सुपारी कतरते हुये बोले थे।

निश्चित तिथि पर मेला सज गया, दूर-दराज से दूकानदार मेले में आये हुये थे, सुलेमान ने भी एक जगह मनिहारी की अपनी दूकान सज़ा ली थी। दोपहर के बाद मेला पूरे रंग में आ गया था, लोगों की भीड़ बढ़ गई थी, तभी एक हादसा हो गया, कुछ रसूखदार पहुँचवाले घरानों के लड़के मेले में आकर लूट-पाट और हुल्लड़ मचाने लगे, मेले में अफरा-तफरी का माहौल निर्मित हो गया, लोग डरकर मेले से जाने लगे। वे उपद्रवी लड़के दूकान से कोई भी चीज उठा लेते थे, दूकानदार के मना करने पर तमंचा लहराकर भय दिखाते हुये आगे बढ़ रहे थे, कोई उन्हें रोकने की हिम्मत नहीं दिखा रहा था, सब के सब बुत बने हुये खड़े थे, अब उपद्रव करने वालों के हौसले बुलंद हो चले थे, अब वे महिलाओं के साथ अभद्रता पर उतर आये थे। बात की हद तब हुई जब वे सुलेमान की दूकान में आकर आयशा के साथ बदसलूकी करने लगे, अब रामप्रसाद की सहनशीलता भी जबाब दे गई थी, वह वहीं पर था, जो लड़का आयशा को छेड़ रहा था उसके पेट पर जबरदस्त घूंसे का प्रहार कर दिया, वह उसी जगह...'मर गये.. मर गये' चिल्लाता हुआ जमीन में लोटने लगा। उसके साथी लड़के रामप्रसाद को मारने आगे बढ़े.....लेकिन भीड़ की ललकार सुनकर वे ठिठक गये...इतने में 'पुलिस आ गई...पुलिस आ गई' का शोर सुनकर उपद्रव मचा रहे लड़के भाग गये।

रात में ही कई दूकानदार मेले से कूच कर गये थे, सुलेमान भी दूकान समेटकर घर आ गया था। अब गांव के लोगों को तनाव मिश्रित मनोरंजन

बिन बेसाहे मिल गया था, कोई कह रहा था......'अब देखना आगे का होत हबै... बड़े लोगन के छुट्टा सांड आहीं... उन्हीं ललकार के परसदवा ठीक नाहीं किहिस।'

दूसरा भी उसकी हां में हां मिलाता हुआ बोला....'ठीक कहत हो भइया !!

पानी मा रहिके मगर से बैर नाहीं करबे चाही।'

'तुम सबरे बकलोल हो, परसदवा अउर आयशा के बीच परेम चलत है, कइसे चुप्पे रहय।' तीसरा नाक सुड़कता हुआ बोला।

रामप्रसाद के पिता भी मेले की घटना को लेकर कम चिंतित नहीं थे, उनकी पूरी रात बिस्तर में करवट बदलते हुये गुजरी..... लेकिन उन्होंने रामप्रसाद को गलत नहीं ठहराया। उधर रात के अंधियारे में ही रामप्रसाद आयशा के घर पहुँच गया, वह घर के बाहर ही मिल गई जैसे उसे उसका ही इंतज़ार रहा है.....उसे देखते ही वह घर के पिछवाड़े में ले गई जहां घटाटोप अँधेरा पसरा था, वह फुसफुसाकर बोली.....

'देखो !! मैं ये बखूबी जानती हूँ कि तुम मुझसे बेपनाह मुहब्बत करते हो, मैं भी कसम ख़ाकर कुबूल करती हूं कि मुझे भी तुमसे कम मुहब्बत नहीं है....लेकिन' वह रुक गई थी।

'लेकिन क्या ?? जल्दी बताओ।' वह आयशा को खींचकर अपने सन्निकट लाता हुआ बेसब्री से बोला।

देखो !! 'मुहब्बत होना दिली मसला है, मुहब्बत के बीज खुदा की फ़ज़ल से दिलों में अंकुरित होते हैं.... इसमें किसी का कोई प्रयास या दोष नहीं है। तुम हिन्दू हो, मैं मुसलमान हूँ... हमारे मजहब जुदा-जुदा है। हमारा समाज हमारी मुहब्बत बर्दाश्त नहीं कर पायेगा, हो सकता है कल को इस गांव में दंगा हो जाये, तुम्हारे घूसे की मार भी वे लोग पचा नहीं पायेंगे।'

'ये हिन्दू-मुसलमान क्या होता है ?? ये सब मुझे नहीं पता...मैं तुमसे प्यार करता हूं...प्यार के शब्दकोश में कोई जाति मजहब नहीं होता है...मुहब्बत

शब्दों के द्वारा परिभाषित करने की चीज भी नहीं है,....दिलों में महसूसने की चीज है.....देखो !! मुझे जैसा लगा....बोल दिया हूँ। अब तुम बताओ मुझे सुग्गन के द्वारा सन्देशा देकर क्यों बुलाया है ??' उसने सीधा सा सवाल किया।

'तुम इसी वक्त गांव छोड़कर कहीं दूर चले जाओ, कुछ दिनों के लिये...इस वक्त तुम्हारी जान को खतरा है।'

'और तुम्हारी जान सलामत रहेगी ?? ये क्यूँ नहीं सोचती, मुझे घर में न पाकर, वे इधर को आयेंगे.... फिर तुम्हारे साथ......तुम्हारे घर परिवार के साथ......न न...मैं ऐसा नहीं होने दूँगा। वह आयशा के हाथ को मजबूती से पकड़ता हुआ बोला।

'देखो !! वक्त नाजुक है, जरा सी गफ़लत हम लोगों को भारी पड़ सकती है, तुम यदि गांव में नहीं मिले तो वे, थोड़ा बहुत गाली-गलौच करके शांत हो जायेंगे और चले जायेंगे...धीरे-धीरे सब ढ़र्रे पर आ जायेगा तब तुम लौट आना।'

आयशा !! 'ये तुम्हारी सोच है, जरूरी नहीं कि वे लोग ऐसा ही करें... शायद तुम्हें अंदाज़ा नहीं है, कल को हमारे मेल जोल की बात फैलेगी, तब ये लोग दंगा करवाने में कोई कोर-कसर नहीं छोड़ेंगे। तुम्हारी देह पर भी इन कमीनो की गन्दी निगाह है, ये भी हमें मालुम है....मैं तुम्हें अकेली छोड़कर कहीं नहीं जाऊँगा।'

'जिद मत करो...वक्त की गम्भीरता को समझो...तुम्हें मेरी..... आयशा आगे नहीं कह सकी, रामप्रसाद ने उसके मुँह पर हाथ रख दिया था।

'तुम भी साथ चलो....तुमसे अलग होकर मैं अब जीवित नहीं रह पाऊँगा।' रामप्रसाद उसका हाथ खींचता हुआ बोला।

कुछ पल दोनों अँधेरे में मौन खड़े रहे...मुँह से बोल नहीं फूटे...फिर दोनों ने वह निर्णय ले लिया जो अक्सर प्यार करने वाले पहले से लेते आये

है।......आयशा और रामप्रसाद अँधेरे की चादर ओढ़कर गांव छोड़ चुके थे। रामप्रकाश आयशा को साथ लिये हुये तमाम रात बस्ती से बाहर के रास्तों से चलता रहा, कभी-कभी रेल की पटरी मिल जाती थी, जिसके समानांतर चलना उसे सबसे सुरक्षित लगता था, यदा-कदा कोई माल गाड़ी या सवारी गाड़ी उन पटरियों की छाती से गुजरती थी तब आस-पास की धरती तक थरथरा उठती थी, आयशा डरकर रामप्रकाश से चिपक जाती थी।

'अरे !! तुम्हारे पांव में जूते नहीं ??' पटरी के किनारे जल रहे विद्युत पोल से आते हुए बल्ब के प्रकाश में उसके पांवों की ओर देखकर आयशा आश्चर्य से बोल उठी थी।

'हां !! आते समय खोजा बहुत था...लेकिन मिले नहीं, मालुम नहीं मेले से लौटने के बाद कहाँ उतार दिये हैं।' नंगे पांवों की ओर देखकर वह बोला।

'लो मेरी चप्पल पहन लो।'

'और तुम।'

'मेरी आदत है, बिना चप्पल चलने की।'

'नहीं... नहीं यही ठीक है, शहर पहुँचकर खरीद लेंगे।'

'आयशा !! एक बात बोलूँ।'

'मुझे बहुत डर लग रहा है, मालुम नहीं कल की सुबह हमारे घर वालों के ऊपर क्या-क्या जुल्म लेकर आयेगी।' रामप्रसाद ऊपर की ओर सांस खींचकर बोला।

'ऐसा कुछ नहीं होगा, ऊपर वाले पर भरोसा रखो, वो सब देख रहा है, न्याय करेगा, हम कहीं से भी गलत साबित नहीं होंगे।' आयशा उसे तसल्ली देती हुई बोली।

रात का आलम, उस पर खेत की मेड़ों में बेतरतीब उगे झाड़ीनुमा बबूल के पेड़ो की कांटेदार टहनियाँ किसी मदमस्त शराबी की तरह झूम रही

थीं....उस पर सुदूर बस्ती में भोंकते हुये स्वान और हू.. हू.. हुआ..हुआ की कर्कश ध्वनि विसर्जित करते हुये सियार रात की भयावयता को और बढ़ा रहे थे...इन सबसे बेखर, प्रेमी युगल अनजान पथ में अज्ञात मंजिल की तरफ कदम बढ़ाये जा रहा था। चलते-चलते अचानक आयशा ठिठक गई और रामप्रसाद का ध्यान खींचकर बोली....

'उस तरफ देखो, मुझे लगता है आगे कोई कारखाना है, उधर को चलना चाहिये, रात की पाली का काम चल रहा होगा...हो सकता है खुदा का नेक बंदा उधर मौजूद हो, दूर अंचल में बिखरी विद्युत रौशनी हो सकता है और मशीनों से उत्सर्जित कट-कट-झन-झन की महीन ध्वनि को परख करके वह बोली।'

'लेकिन !!'

सवाल नहीं, चलने की सोचो, सुबह होने से पहले हमें सुरक्षित ठिकाना तलाश लेना चाहिए...सुबह होने में ज्यादा समय अब नहीं है...पांवों के बलबूते ज्यादा नहीं चला जा सकता है।'

'अल्लाह-हो-अकबर....सुदूर किसी मस्जिद से अजान सुनकर आयशा पल भर को ठिठकी फिर तनिक झुककर मालिक का धन्यवाद किया, फिर दोनों हथेली रामप्रसाद के माथे और गालों में फिराकर उस दिशा में बढ़ चली जिधर कारखाना होने का अनुमान कुछ देर पहले हुआ था।

वह जगह छोटे से रेलवे स्टेशन की थी...जहाँ कुछ नई पटरियां बिछाने का काम चल रहा था, सम्भवतः इस स्टेशन से होकर कोई माल गाड़ी गुजरती होगी...ठहरती होगी, यात्री गाड़ी ठहरने का अनुमान नहीं होता था। स्टेशन के किनारे लकड़ी के बन्द पैकेट्स में संतरे की महक आ रही थी। रामप्रसाद साक्षर था, हिंदी की इमला-इबारत की उसे समझ थी, बन्द पैकेट देखकर उसने पढ़ लिया 'नागपुर'।

'जानती हो ये संतरे के पैकेट्स नागपुर से आये है...क्यूँ न हम भी उधर ही चलें इधर से दूर भी होगा और संतरे खाने को मिलेंगे....तुम तो

संतरे पसन्द करती हो न ??' रामप्रसाद उसकी बायीं हथेली में अंग्रेजी का 'छ' अक्षर अंकित करता हुआ बोला।

'बहुत-बहुत.... अब्बू शहर से संतरे लेकर अक्सर आया करते है, खट्टे-मीठे...कहते थे ये नागपुरी संतरे बहुत मीठे होते है....पर हम लोग वहाँ तक जायेंगे कैसे?? वह उदास होकर बोली।

दोनों खुले बरामदे की दीवार से सर टिकाकर बैठ गये... थोड़ी दूर पर पटरी डालने का काम चलता रहा....लोहे से लोहे की रगड़ से पैदा हुई चिंगारी कुछ पल के लिए खम्बे पर जल रहे मरियल पीले प्रकाश का रंग बदल देती थी। लोहे में बेल्डिंग और कटिंग से उठती कर्कश ध्वनि काम कर रहे मजदूरों को निर्देश करती प्रतीत हो रही थी। इन सबसे बेखबर दोनों नींद के जद में गिरफ्त हो चुके थे।

सुबह का सूरज सबके लिये अलग-अलग रंग की किरणें लेकर 'पुसई' गांव में आया हुआ था, किसी के लिये दुःख की, तो किसी के लिये मुफ्त का मनोरंजन देने वाली। पूरे गांव में रामप्रसाद और आयशा के भाग जाने की खबर जंगल में आग की तरह फैल गयी थी, अराजक तत्त्वों को नया मसाला मिल गया था, कुछ लोग मसाले पर मसाले मिलाने का काम कर रहे थे, कुछ आग में फूंक मारकर आँच को तेज कर रहे थे..अंतः थोड़े-बहुत श्रम के बाद कुविचारों की खिचड़ी तैयार हो गयी, लोग जो घर में थे अब भीड़ का हिस्सा थे, और इस भीड़ का नेतृत्त्व कर रहे थे, गांव के वे लोग जिन्हें अमन-चैन कभी रास आया ही नहीं।

वे लोग सबसे पहले रामप्रसाद के घर गये...वहाँ उसे घर में न पाकर घर में तोड़ फोड़ की, रामप्रसाद के पिता को लात घूंसों से मारा पीटा, फिर सुलेमान के घर आकर आयशा को पूछा वहाँ उसे न पाकर उसके घर में भी उपद्रव किया और उसकी बकरियां खोल कर ले गये। इतने पर भी उन लोगों का जी नहीं भरा.... शाम के समय गांव के बीचों-बीच पंचायत बुलाकर प्रस्ताव पास किया कि....

'रामप्रसाद हिन्दू होकर भी दूसरे धर्म की लड़की से प्रेम कर के सामाजिक गुनाह किया है और इस गुनाह में आयशा भी बराबर की कुसूरवार है....इसके लिये पंचायत दोनों को हमेशा के लिये गांव से निष्कासित करती है। दोनों में से किसी को, कभी भी गाँव में पाये जाने पर मौत की सज़ा सुनाई जाती है।'

आयशा की नींद एक तेज गरजदार आवाज को सुनकर टूटी.... अधेड़ वय का एक शख्स सामने खड़ा पूछ रहा था, वेशभूषा से वह रेलवे का सन्तरी लगता था।

'अरे !! मैं तुम्हीं से पूछ रहा हूँ..... बोलते क्यों नहीं ?? कौन हो तुम लोग।'

'हम लोग मजदूर है, ट्रक से संतरे की पेटी खाली कर रहे थे। सुस्ताने की गरज से इधर बैठ गये और आंख लग गई।' गालों पर छितर आये लटों को पीछे धकेलती हुई आयशा पूरी संजीदगी और परेशानी का भाव चेहरे से लाती हुई दूर तलक इधर-उधर नज़रे दौड़ाने लगी।

'अब क्या है ??'

'ट्रक नहीं दिख रहा...क्या चला गया है ??' आयशा ने सन्तरी से ही पूछ लिया।

'क्यों ?? जायेगा नहीं तो सोयेगा... तुम्हारी तरह...आलसी कहीं के।' सन्तरी लौटने लगा था, आयशा उसे सुनाकर रोने का अभिनय करने लगी थी, वह पुनः वापस लौटकर बोला...

'टेसुये मत ढ़ीलो....जल्दी से उठ जाओ, इसे भी उठा दो...आधे घण्टे से मालगाड़ी आयेगी, उसी में बैठकर नागपुर चली जाना।' मैं ड्राइवर से बोल दूँगा।

'तुम झूठ क्यों बोली ?? आँखे मींचता हुआ रामप्रसाद बोला।
'तो क्या उसे बता देती हम पागल प्रेमी घर से भागकर आये हैं...यदि

कालांतर में झूठ का असर सुखद या कल्याणकारी लगता हो, तब असत्य भी सत्य की तरह होता है...ऐसे गुनाह को खुदा बच्चों की गलती मान कर मुआफ़ी देता है.....अब जल्दी से फ्रेश हो जाओ...वो मालिक का नेक बन्दा नागपुर की गाड़ी में बैठा देगा।

इस तरह से वे अपना गांव छोड़कर नागपुर जैसे महानगर में आ गये थे, अपनी आबरू बचाते हुये...दो चार दिन इधर-उधर भटकने के बाद दोनों अकोला रोड पर स्थित पण्डित सुमेश्वर प्रसाद के लकड़ी के टिम्बर मार्ट में पहुँच गये थे। टॉल में शीशम, सागौन, बीजा से लेकर हर प्रकार की लकड़ी की गोल मटोल बोगियाँ यत्र-तत्र खुली जगह में ढ़ेरी में लगी थीं।

टॉल के मालिक पण्डित सुमेश्वर दुनिया के ऊंच नीच को बेहतर समझने वाले इंसान थे। शहर के बड़े-बड़े ओहदेदार, आला अफसर से लेकर जन प्रतिनिधियों तक पण्डित जी के यहां उठते बैठते थे, अक्खा हिसाब रखते थे पण्डित जी हर एक का.....महीने की आखिरी तारीख को पूरा हिसाब-किताब दुरुस्त करने की फितरत उनमें थी.....नौ नकद न तेरह उधार की कहावत को वे चरितार्थ करने वाले इंसान थे, चाहे कोई उनका मुलाजिम हो या सरकार का आदमी हो....सबको खुश रखने की उनकी आदत थी, वे अक्सर कहा करते थे..... 'दुनिया को खुश रक्खो तो दुनिया तुम्हें खुश रहने देगी।'

पण्डित जी की अनुभवी आंखे आयशा और रामप्रसाद को देखकर समझ गईं थी कि ये घर से भागे हुये हैं....वे चेतावनी देकर राम प्रसाद से बोले थे....'.देखो सच बोलोगे तो हर मुमकिन मदद करूँगा...झूठ बोलोगे तो पुलिस से पकड़वा दूँगा।'

पुलिस का नाम सुनकर रामप्रसाद की घिग्घी बंध गई...वह हकलाने लगा, तब स्थिति को सम्हालते हुये आयशा बोली....

'पण्डित जी आप हमारे पिता तुल्य है, पिता का दर्जा खुदा के बराबरी का है, आप से झूठ बोलकर और गुनाह नहीं करना चाहती...और उसने

आद्योपांत वृतांत कह सुनाया।'

तुम लोगों ने जो किया उसके कुसूरवार तुम खुद को मत समझो... परिस्थियों की मनमर्ज़ी से सब चलता है...तुम लोग इधर रह सकते हो... रामप्रसाद तुम आरा मशीन में जाकर काम सीखो और तुम....वह आयशा की देहयष्टि को निहारते हुये बोले....'मेरे घर के काम काज में पण्डिताइन की मदद करोगी...रहने और खाने का इंतज़ाम उधर हो जायेगा।

'लेकिन पण्डित जी !! हम अछूत और छोटी जाति के हैं, इनका तो ठीक है...आरा मशीन में काम करना, पर मेरा घरेलू काम में....पण्डिताइन को एतराज़ हो सकता है ??

'नहीं.. नहीं इधर ऐसा नहीं चलता...बड़ा शहर है, यहाँ सब पढ़े लिखे और ऊँची सोच के लोग हैं....ये सब गांव में होता होगा ...फिर तुम्हे रसोई में थोड़ी काम करने है, और भी बहुत काम है, उन्हें सम्हाल लेना।' पण्डित जी ने उसे आश्वस्त किया।

धीरे-धीरे समय ने करवट बदली... रामप्रसाद अब चिरिआ हो गया था...किस लकड़ी को कहाँ से कैसे चीरना है...बखूबी समझ गया था, वह दिन पर मुँह में साफी बांधे लकड़ी की चीर-फाड़ में लगा रहता था...अब लोग उसे चिरिआ के नाम से जानने लगे थे। आयशा पण्डित जी के घर की साफ-सफाई, झाड़ू-पोंछा के अलावा सुबह-शाम बगीचे में लगे पौधों को पानी दे देती थी, इसी में पूरा दिन निकल जाता था, शाम को रामप्रसाद के आने पर खाना तैयार करती थी, दोनों खा-पीकर एक छोटे से कमरे में पूरी कायनात बसे होने का दृश्य देखते हुये कल के स्वप्नों में डूब जाते थे। दोनों को अपने गांव घर और माँ-बाप की बहुत याद आती थी...दुःख बराबर का था...एक साथ रोना फिर एक दूसरे का ढ़ाढ़स सम्बल देना भी बीच-बीच में चलता रहता था। पण्डित जी दोपहर के दो बजे के आसपास रोजाना घर आते थे, वे घर में प्रथम भोजन करते...तनिक विश्राम लेते... फिर टॉल की तरफ जाते-जाते वे आयशा के कमरे में आकर उसका हालचाल पूछते...हां इसी बहाने आयशा के तन को छूना नहीं भूलते थे...शुरू शुरू में

तो आयशा बहुत डरी, लेकिन सर्वेंट क्वार्टर में रहने वाली अन्य महिलाओं से मिलने जुलने पर उसका डर जाता रहा.....

'ई पंडत बस्स इत्तो है...आगे कुच्छ नाहीं कर सकत जे...का हरज़ ई में, अउर मालिक होत तो' ....

'ऐसा क्यों ??' उसने सवाल किया था।

'हिजड़ो लगे मोखे....आगे ओकात नाहीं ई में....वह हँसते हुये बोली थी। उसने ठीक ही कहा था पण्डित जी ने जिस्म को छूने के अलावा आगे की कुचेष्टा नहीं की थी....स्कूल का मुँह आयशा कभी देखी नहीं थी, लेकिन उसकी समझदारी किसी कॉलेज के प्रोफ़ेसर से कम नहीं थी....'परिस्थितियां जब प्रतिकूल हो तब अनचाहा भी चाहा कि तरह एक सीमा तक क़ुबूल करना चाहिए, उसने खुलकर रामप्रसाद को भी सारी बातें बता दी थी..... रामप्रसाद गुस्से से उबलता हुआ बोला था.....'जिस दिन तुम्हारे मन देहरी की खीची रेखा को पण्डित जी लांघते हुए प्रतीत हों....उस दिन मुझे बता देना..... हम पण्डित की नौकरी को लात मारकर अन्यत्र चले जायेंगे।

समय का पहिया आहिस्ता-आहिस्ता चौबीस माह और आगे सरक गया, और आयशा की गोद में दे गया एक सुंदर बालक जो अब एक साल का हो गया था, बालक का नाम 'मानव' रखा गया था। रामप्रसाद की पगार दस हज़ार महीने कर दी गई थी..रसद पानी सब्ज़ी-भाजी की जरूरत पण्डित जी की कोठी से हो जाती थी, पास में रुपये बचने लगे थे।

एक दिन अचानक कुछ यूं घटित हुआ, जो वर्तमान को घसीट कर दो साल पीछे धकेल दिया....आयशा के पिता चेकअप के लिये नागपुर आये हुये थे...उनसे मुलाकात महज इत्तिफ़ाकन थी...रामप्रसाद ड्यूटी बजाकर कमरे लौट रहा था कि वे मिल गये... उनको रामप्रसाद कमरे में ले आया था...अपने अब्बू से मुलाकात कर आयशा फूली नहीं समायी थी।

उनके द्वारा ही गाँव की खबर मिली....रामप्रसाद के मां-बाप एक रोड एक्सीडेंट में मारे गये थे...छोटे भाइयों के बीच जायदाद बंटवारे को लेकर

अनबन चल रही है...'तुम लोग गाँव तरफ मत आना पंचायत से तुम दोनों को गाँव से निकाला जा चुका है...' जाते-जाते वे यह भी बोल कर गये थे। आयशा के पिता द्वारा उसके मां बाप की दुर्घटना में मौत की खबर और छोटे भाइयों के बीच जायदाद को लेकर चल रहे मनमुटाव की खबर सुनकर वह भीतर ही भीतर बहुत दुःखी रहने लगा...इस दुःख को उसने आयशा के आगे भी जाहिर नहीं किया...इस दुःख ने उसे विवेक शून्य कर दिया...वह मन ही मन गाँव लौटने का मन बना चुका था...आज उसे आयशा और मानव की किंचित फिक्र नहीं थी...पण्डित जी जो थे..दोनों की देख-रेख परवरिश के लिए। रामप्रसाद ने एक नज़र अपने सोये अबोध बालक और पत्नी की ओर डाली और कमरे से बाहर आ गया। अर्ध चन्द्र आकाश मार्ग की आधी दूरी तय करके अपने गेह के करीब आ गये थे.....रामप्रसाद ने आकाश की ओर एक नज़र डाली और तेजी से कदम बढ़ा दिया आगे की ओर......तभी एक नारी का आदेशात्मक तेज स्वर गूंजा....

'रुको !! चिरिआ !! तुम महाराज शुद्धोधन के किये कृत्य की पुनरावृति नहीं कर सकते....सोते हुए पुत्र और पत्नी का त्याग करके पलायन करना कायरता है....मैं ऐसा हरगिज नहीं होने दूंगी।

'आप कौन हैं देवी ??' रामप्रसाद अचकचाकर बोला।

'मैं इस घर की मालकिन हूँ....जिसे तुम लोग पण्डिताइन कहते हो.... सुभद्रा मेरा नाम है...मेरी नज़र सब पर है...पल पल क्या घटित हो रहा है यह भी मुझे पता है....जगह-जगह में कैमरे फिट हैं। मुझे तुम पर शुरू से सन्देह रहा।'

मैं कायर नहीं हूँ, पण्डिताइन मालकिन, मैं अदना सा इंसान हूँ... अपनी दुनिया बहुत छोटी है, उसी दुनिया में मेहनत और ईमानदारी के साथ खुशी-खुशी जीना स्वीकार किया था....लेकिन जब बड़ी दुनिया के बाशिंदे मेरी छोटी दुनिया को छीनने की कोशिश करे तब सब कुछ छोड़कर दूर चले जाना ही बुद्धिमानी है....मुझे किसी से कोई शिकायत नहीं है।

'यह तुम्हारी ग़लतफ़हमी है चिरिआ !! पण्डित जी का फर्ज था जो तुम्हारी अनुपस्थिति में तुम्हारी गर्भवती पत्नी का हाल-चाल पूछने कमरे में जाते रहे और तन स्पर्श महज वात्सल्य था।'

'आप सब जानती हैं??'

हां !! मेरे कहने पर वे ऐसा करते थे...चूंकि मेरी आदत बाहर निकलने की बहुत कम है।'

'मुझे माफ़ी दीजिये मालकिन...अनजाने में मुझसे महापाप हुआ जा रहा था। रामप्रसाद उर्फ चिरिआ पण्डिताइन के कदमो में शरीर को गिरा चुका था...लेकिन ऐसा होने नहीं दिया पण्डित जी ने....उस रात वे घर में ही थे, बाहर का शोर सुनकर वे बाहर आ गये थे...उन्होंने रामप्रसाद को उठाकर अपने गले से लिपटा लिया। आयशा से चिपक कर सोया हुआ अबोध 'मानव' रोने लग गया था...शायद उसे अपने पिता से विलगाव का आभास हो चुका था। आयशा उसे गोद में लिये हुये बाहर निकल आयी थी....मानव लगातार रोये जा रहा था...आयशा उसे गोद में लिए इधर-उधर हिला-डुला रही थी, लेकिन वह चुप होने की बजाय और जोर-जोर से रोने लगा था....आगे बढ़कर रामप्रसाद ने उसे गोद में उठा लिया...रोता हुआ बालक अब चुप हो गया था।

कॉल बेल

द्वार में लगी कॉल बेल से संगीत मय आग्रह कहें या निर्देश कहें..
.'चल छइयां छइयां छइयां छइयां' का मधुर संगीत बज उठा था या साफ
-साफ सरलता से यूँ कहा जाये कि रमन बाबू के घर की घण्टी बज गई तो
ज्यादा मार्के की बात होगी।

रमन बाबू इस समय घर में अकेले थे...घर में ही क्या दुनिया में भी
अकेले थे।

पत्नी के निधन के बाद कोई आगे पीछे नहीं था....व्यवहारिक तौर
पर यह कहना गलत होगा, दो बेटे तीन बेटियां, बहू, दामाद नाती सब तो
है, एक कागज में सबका नाम लिखने लगे तो एक दर्जन तो नाम हो ही
जायेंगे...लेकिन ये रिश्ते गिनती के लिये है....भला हो गिनती की खोज
करने वालों की...अन्यथा बहुत बड़ी समस्या पैदा हो जाती...कैसे बता सकते
थे कि तीन बेटे और तीन बेटियां है....घर से चीजें चोरी हो जाती और
हम बता न पाते कि कितनी चवन्नी चोर जी ले गये हैं...वो भी बेचारा
हिसाब न लगा पाता कि कितने का माल उड़ाया है....पूरा का पूरा हिसाब
किताब गड़बड़ा जाता...चारों तरफ हिसाबी संकट पैदा हो जाता सबसे बड़ी
समस्या सरकारी कामकाज में आती...किसी माई के लाल में दम नहीं होता
कि बता पाता कि हमें कितनी तनख्वाह मिलती है, कितनी खैरात मिली है
और कितनी मिलनी बाकी है।

जय हो गिनती मैया की आपकी ही कृपा से मास्साब ने पढ़ाया
था...'बच्चों राक्षस किंग रावण साहब के दस सिर थे...सहस्त्रबाहु से हज़ार
भुजाएँ थीं और दुर्गा मैया के पास आठ भुजाएँ थीं।' खैर ये बहुत गम्भीर
विषय है इस उम्र में इस तरह का तर्क-कुतर्क यमपुरी के गेट नम्बर फाइव
तक घसीट सकता है।

रमन बाबू भीतर से दरवाज़े की कुंडी मारकर चेहरे में उगी सफेद

घासों में सफेद झाग लगा रहे थे, दाढ़ी सफाई यंत्र में तो पहले से ही ब्लेड फँसा रखे थे...अक्सर हफ्ते भर इसी तरह वह बेचारी फँसी रहती थी, जब तक उसमें थोड़ी बहुत जान होती थी। कॉल बेल फिर से गा उठी.....‘चल छइयां.....छइयां....’

‘साला !! क्या जमाना आ गया है, सकुन से दाढ़ी शेव भी नहीं ठोंक सकते है....इन नये फैशन के बच्चों को क्या कहें... मना किया था कॉल बेल मत लगवाओ पर माने नहीं...लगवा दिया...‘चल छइयां- छइयां’....और उड़ गए विदेशी जमीन पर....अब इस उमर में क्या ‘छइयां-छइयां और क्या पइयाँ-पइयाँ’...पुराना जमाना होता तो गांव का नाई उस्तरा लेकर घुस आता और अधिकार से कहता....बाबू जी !! हमरे पेटवा मा लात मत मारो...रिटायरी के बाद का पेंशन कम पड़त है कि मोर धंधा हथियाबय लगे।’ उस्तरे का रौद्र रूप देखकर हम उसे शायद यह न समझा पाते....भाई !! सिर्फ अपनी ही दाढ़ी साफ कर रहा हूँ...आगे का प्रोफेशनल इरादा नहीं है। इस बार कॉल बेल नहीं बजी....लकड़ी का दरवाजा स्वयं बजा था, शायद आगन्तुक ने पद प्रहार या मुष्टिका प्रहार किया था...कह नहीं सकता ...जोरदार गुहार थी दरवाजे की....‘भइया जल्दी बाहर निकलो ये कमबख्त मुझ बेजान की छाती में चोट कर रहा है।’

मामले की गम्भीरता को समझ कर वे सफेद झाग चेहरे में पोते हुये ही दरवाजा खोल दिये....सामने एक बीस बाइस साल का एक लड़का खड़ा था...उसने फटी कमीज पर काले रंग का जीन्स का पैंट खोंस रखा था... काला रंग होने से जमा मैल की परत तो छिप गई थी...लेकिन आती हुई दुर्गंध का वो भला क्या इलाज करे... कहाँ से तंदुरुस्ती बनाने की साबुन ‘लाइफ वॉय’ या तन मन महकाने वाली ‘लक्स’ सोप लाये....ये तो निरा देहाती लगता है, जो गोबर और मिट्टी की गंध नथुनों में भरकर शहर की हवा दूषित करने चला आया है। वे लड़के को देखते ही भड़क उठे और कड़क कर बोले.....(कड़क कर क्यों न बोले रिटायर्ड पुलिस ऑफिसर है, ले देकर कड़कना भर तो बचा...सो कड़कते रहते हैं)

‘क्या इतनी भी सब्र नहीं है कि दाढ़ी चिकनी कर लेने देते....ये तो गनीमत रही कि बड़े घर के बड़े कमरे में नहीं था अन्यथा......खैर छोड़ो ये बातें तुम जैसे अनपढ़ गंवार क्या जाने....बताओ कौन हो तुम ?? सबेरे-सबेरे बैल की तरह मुँह उठाये मेरा द्वार कचरने क्यों आ धमके ??’ रमन बाबू एक सांस में बिना अर्धविराम के बोल गये।

वह लड़का कुछ नहीं बोला...नीची नज़र किये खड़ा रहा....शायद वह रमन बाबू का सफेद चेहरा देखकर डर गया था। ‘बोलते क्यों नहीं?? मुझे इस तरह परेशान करने का मतलब जानते हो...पुराना पुलिस वाला हूं लॉकअप में ठूँसवा दूँगा।’ रमन बाबू आवाज़ में और तेजी लाते हुए बोले।

‘साहब जी !! सरपंचिन काकी नहीं रहीं।’ वह धीरे से बोला।

‘क्या ??’

‘हां साहब ...हफ्ता भर पहले लकवा ने झटका मारा था, पूरा शरीर अकड़ गया था, गर्दन टेढ़ी हो गई थी...बीती रात चल बसीं।’

‘वो जिंदा रही तब भी अकड़ी रही, लकवा लगा तब भी अकड़ी.... मरने पर भी अकड़ी होंगी.......पर ये तो बताये नहीं कि तुम हो कौन ?? तुम्हे किसने भेजा ??’

‘साहब हम मातादीन कोटवार का लड़का हूँ... ददुआ ने आपको खबर करने को भेजा है।’

‘ओके..ओके आई अंडर स्टैंड... अब तू फूट इधर से....भेजा गरम मत कर’ रमन बाबू उर्फ रमन प्रताप सिंह रिटायर्ड पुलिस इंस्पेक्टर ने भड़ाक से दरवाजा बंद कर लिया था।

इसी सरपंचिन की वजह से तो गांव छूटा, घर छूटा, जन्म भूमि छूटी, अब चली गई न, घर द्वार, जमीन जायदाद गठरी में बांधकर, भइया के सरपंची का पर्चा दाखिल करते ही ये भाभी से सरपंचिन हो गई थी। क्या हम उधर कब्ज़ा जमाने को गांव जाते थे...अपना तो विचार केवल ये रहा कि सामने दो कमरे पक्के करा दें....आये गये... बैठने उठने लायक हो जाते,

निस्तार तो आख़िर इन्हीं लोगों का रहा…. लेकिन का कहें… भैंस से भी कमतर उनकी समझ को ..उन्होंनें समझा पुलिस वाला है पूरा का पूरा घर हथिया जाएगा….हुँह मुझे सभी पुलिस वालों की तरह समझ लिया…उनकी बात पर भैया भी आ गये… हाथ में डंडा उठा लिए थे मेरे लिये…जरा भी आगे पीछे विचार नहीं किये….अरे भई !! हम ठहरे पुलिस वाले..अपनी जुवान कुत्ते की दुम की तरह सीधी नही हो सकती…इतनी समझ तो उन्हें भी होनी चाहिये ….कि रमन दिल का बुरा नहीं है…भले मुँह से घर में आग लगाने की बात बोल जाये पर लगाया तो कभी नहीं।'

वे मुँह में शेविंग क्रीम लगाये कमरे में इधर उधर फिरते हुये बड़बड़ा रहे थे..उनकी सुनने वाला वहाँ कोई नहीं था, सिवाय सर पर कंक्रीट की छत का बोझ उठाये श्वेत-श्याम दीवारों के। वे चलते चलते बेड रूम में आ गये जहाँ दुनाली बंदूक के बगल में स्वर्गीय ठकुराइन की फोटो टँगी थी। उनकी मृत्यु के बाद तस्वीर और बंदूक एक ही दिन एक ही समय में दीवार में लगा दिये थे।

'सुना ठकुराइन !! तुम्हारी चिमटा वाली सरपंचिन जेठानी स्वर्गीय हो गई…याद है न तुम्हारी लचकदार कमर में कस कर चिमटा मारा था…पता है चोट तुमने खाई पीड़ा मुझे हुई थी।' वे तस्वीर के आगे अनवरत बोले जा रहे थे।

'अभी-अभी चौकीदार का लड़का खबर दे कर गया है…भैया बोले होंगे कि छोटे को खबर कर आओ ….वरना दो कौड़ी के चौकीदार की क्या हिम्मत के मुझे बुलाने भेजे…दस बीस मर जाते थे…तब तो हम पहुँचते नहीं थे… हम कहीं नहीं जाने वाले….उनसे हमारा नाता उसी दिन टूट गया था जिस दिन उन्होंने मुझे मारने के लिए हाथ में डंडा उठा लिया था।'

'आपको जाना चाहिये।' तस्वीर से आवाज़ आयी।

'ये..ये…कौन बोला…आवाज तो ठकुराइन की है….हुँह…मरा आदमी बोलेगा ??….हरगिज नहीं….जिंदा तो बोलता नहीं…मुर्दा क्या बोलेगा??

कल रात लगता है कुछ ज्यादा चढ़ा ली थी...उसी का असर है।'

'ठाकुर सा !! आप जाइये...भाभी की मौत हुई है...अंतिम संस्कार में जाइये...भले ही मन में मलाल है, कारण भी मुझे ज्ञात है...लेकिन समाज के लिये, परम्परा के निर्वाह के लिये जाइये....एक दिन आपको भी चार कंधों की जरूरत होगी।' तस्वीर से फिर आवाज आयी।

वे तस्वीर के सामने हाथ जोड़े दो मिनट बुत बने खड़े रहे, तभी कॉल बेल बजी...'चल छइयां- छइयां......'

'दरवाजा खुला है'... रमन बाबू कमरे से ही चिल्लाये।

इस बार भीतर आने वाली उनके घर में काम करने वाली बाई थी...तीखे-नाकनक्श की, वाचाल, रमन बाबू से आधी उमर की, ठकुराइन की मौत के बाद से काम कर रही है, झाड़ू पोछा बर्तन से लेकर खाना बनाने तक का सारा काम 'गुलाबो' ही देख रही थी। शुरू-शुरू में जब ये आयी थी तब पड़ोसियों के लिये किसी धांसू फ़िल्म की तरह थी...हर कोई रमन बाबू के घर चोरी छिपे झांकने की कोशिश में रहा था।

'क्या बनाऊं साब।' रहस्यमयी मुस्कान फेंकती हुई वह बोली।

'मेरा सर' गुस्से से उबलते हुये रमन बाबू बोल तो गये फिर मनाने की गरज से पुनः बात को आगे बढ़ाये....

'सॉरी गुलाबो !! तुम्हे अकारण डांट दिया...दरअसल आज मेरी सरपंचिन भाभी मर गई है...जरा माइंड डिस्टर्ब है....आज तुम जाओ।

गुलाबो चली गई थी, लेकिन उसकी समझ में ये नहीं आया कि रमन बाबू की हमेशा दबी रहने वाली बायीं आंख, आज खुली हुई क्यों है...इनकी भाभी मर गई है तो मुझे क्यों फटकार रहे थे?

उसके जाने के बाद वे धम्म से पलंग के सिरहाने बैठ गये और तस्वीर की ओर मुँह करके बोले.....

'ठकुराइन मुझे माफ़ कर दो...तुम्हारे जाने के बाद मैं बेसहारा हो गया

था...यदि ये गुलाबों न होती तो मैं जाने कब का मर गया होता...तुम्हारे जाने के बाद मैंने जाना कि पुरुष नारी बिना जीवित नहीं रह सकता है उसे जन्म से लेकर अंतिम सांस लेने तक नारी की जरूरत होती है। भैया का दुःख मेरी समझ में आ गया है, मैं उनके दुःख में शरीक होने जा रहा हूँ।

रमन बाबू के कदम बाहर की ओर बढ़ गये थे... गम्भीर मुख मुद्रा की ठकुराइन की तस्वीर में भी अब मुस्कुराहट आ गई थी।

खोक्खन सिंग

डॉ. हिम्मत सिंह...मेजर हिम्मत सिंह नियम कायदे के आदमी, सुबह पांच बजे उठकर पांच किलोमीटर की दौड़ मारने वाले, बड़ी-बड़ी मूछों के शौकीन, कसरती बदन के मालिक जब सेना से रिटायर्ड होकर अपने गाँव 'गिलहरी' पहुँचे तब गाँव के लोगों की तो बात और है पास-पड़ोस के लोग भी उनसे मिलने आये थे। वे सेना में चिकित्सक थे, उनकी सहृदयता के किस्से जगजाहिर थे, वे जब नौकरी में रहे, तब भी छुट्टियों में बराबर अपने गांव आया करते थे, गांव से उनका कनेक्शन हमेशा बना रहा। सरकार से उन्हें अनेक अवसरों पर अनेक सम्मान और मेडल प्राप्त हैं।

सेवानिवृत्त होने के बाद उन्होंने स्वेच्छा से गांव में रहकर अपने गांव देहात के लोगों की चिकित्सा सेवा करना उचित समझा, जबकि वे चाहते तो मोटी पगार और अन्य सुख सुविधाओं के साथ किसी भी महानगर के किसी भी अस्पताल में पुनः जॉब कर सकते थे। नोयडा सेक्टर सोलह में उनका निजी बंगला भी है, जिसमें छोटा बेटा सपत्नीक रहता है..वे दोनों इंजीनियर है, एक मल्टीनेशनल कंपनी में साथ-साथ जॉब करते हैं।

उनके दोनों लड़को की शिक्षा दिल्ली में हुई है...अब वे अपने-अपने जॉब में हैं अपनी पसंद से विवाह भी कर चुके हैं...बड़ा लड़का अपनी जाति की ही लड़की को चुना, वहीं दूसरा लड़का गैर विरादरी की लड़की से विवाह किया। ठकुराइन इन दोनों के ब्याह से शुरू में नाखुश थी, लेकिन अब वे भी परिस्थियों से समझौता कर लीं है....जबकि मेजर साहब को कोई एतराज नहीं था, वे पत्नी को समझाया करते थे....'देखो ठकुराइन !! अब वो जुग-जमाना नहीं रहा, जो अपने समय में रहा...बच्चों को अपने हिसाब से जिंदगी जीने दो।' वे आगे हँसते हुये कहते....

'जब मैं सेना में भर्ती हुआ था, तब ट्रेनिंग के दौरान विशेष परेड होती थी, आज भी परेड का कायदा है। लेकिन पहले की बात और थी...

पहले विश्राम का काशन बोला जाता था..फिर तेज चल, धीरे चल, दायें मुड़, बायें मुड़ ....फिर कदम ताल करवा-करवा के पूरे शरीर को थका डालते थे...अंत में एक काशन होता था जिसका इंतज़ार परेड शुरू होने के साथ ही सभी को रहता था वो था....'जैसे थे' अर्थात जैसे परेड शुरू होने से पहले थे।'

'आप इतनी घुमा-फिरा के बात क्यों करते है ?? सीधे-सीधे बोला कीजिये तो मेरी भी समझ में आये'...ठकुराइन आंख की पुतलियां नचाकर बोली थीं। आंखों से भी खूबसूरत उनकी पुतलियां थीं...पचास की वय पार करने के बाद अमूमन शरीर का हर अंग एक बदलाव से होकर गुजरता प्रतीत होता है... लेकिन ठकुराइन आज भी चुस्त-दुरुस्त थीं, जब वे कुछ कहती थी, तब आंखे विशेष साथ देती थीं।

'अब मेरी ओर क्यों घूर रहे हैं ?? बोलिये न।'

'सीधी सी बात यह है कि अब... अपना परेड पूरा हुआ अब उनका परेड चल रहा है, अपने- अपने हिस्से का परेड सब को करना होता है।'

'मेजर साहब !! ये आपकी बात हुई .....मेरा तो कदमताल अब भी जारी है...जब ऊपर वाला थम बोलेगा, तभी मेरे कदम थमेंगे।'

'ओह !! ठकुराइन....शाबास !! आपके यही जज्बे आज भी मेजर को बूढ़े होने से रोके हुये हैं....आपके इन जज्बों को मेजर सलाम करता है।' हिम्मत सिंह अपनी धर्मपत्नी को सल्यूट ठोकते हुये बोले।

'ज्यादा मस्का मत लगाइये...सीधे सीधे क्यों नहीं बोलते कि अब मेजर हिम्मत सिंह का काफिला गांव 'बिलहरी' की तरफ कूच करेगा ... ठीक है..जैसी मर्ज़ी...मुझे क्या ?? मैं तो आपकी परछाईं हूँ... जहाँ-जहाँ जायेंगे... साथ-साथ जाऊँगी।

'आपके इसी एहसासात ने गांव के मामूली से नवजवान 'खोख्खन सिंग' को मेजर डॉ. हिम्मत सिंह बनाया, कसम से आज जो कुछ हूँ, आपके प्यार की बदौलत हूँ'.... यह कहते-कहते मेजर सा भावुक हो उठे थे।

'आप को बाबू जी खोक्खन बोलते हैं.... ये मुझे अच्छा नहीं लगता।'

'क्यों ??'

'इसमें क्यों वाली क्या बात है...कोई भी पत्नी कभी भी अपने पति को खोक्खन, ढ़क्कन कहा जाना पसंद नहीं कर सकती।' ठकुराइन मुस्कुराती हुई बोली।

'हा.. हा.. हा...कितना वात्सल्य और स्नेहसिंचित है यह सम्बोधन ....दादी का दिया हुआ है यह नाम। आपको पता है ठकुराइन !! ये नाम कैसे पड़ा ?? अम्मा बताती है जब मैं दो साल का रहा तब ऐसी खाँसी उठी कि रुकने का नाम नहीं ले रही थी..खांसते-खांसते हडिडयां जोड़-जोड़ से दुखने लगी थी..रात-रात भर पूरे घर में जगराता चलता था...मेरी खांसी से सबसे ज्यादा परेशानी दादी को होती थी...मेरे साथ वो भी सुर में सुर मिलाकर खाँसने लगती थी, एक दिन वे चिढ़कर बोलीं....

'हे भगवान !! कहाँ से इस घर में खोक्खन भेज दिया...किस गलती की सज़ा दे रहे हो....नींद हराम कर दी इसने...तभी से मैं खोक्खन हो गया।'

मेजर साहब आंख में रुमाल रखे धाराप्रवाह बोले जा रहे थे, कमरे की दीवारें सुन रहीं थी, ठकुराइन तो दूसरे कमरे में श्रृंगार दान के सामने खड़ी बाल सम्हाल रहीं थी।

'कल एम्स से फोन आया था...आपने क्या कहा ??' वे हाथ में कंघी लिए हुए कमरे में आकर बोली।

'कहने को नया क्या था...बस मना कर दिया।' वे बेमन से बोले।

'यानी डेढ़ लाख की मासिक पगार के अलावा बंगला, मोटर गाड़ी सब का सब ठुकरा दिया आपने ??'

'जी' 'गाँव जाकर रहने का फैसला अंतिम है।'

'आपकी इच्छा नहीं हैं तो कोई बात नहीं...लेकिन माटी का कर्ज नहीं

चुका पाऊँगा.... ठकुराइन बहुत बड़ा कर्जदार है तुम्हारा मेजर...उसके सर पर बूढ़े मां-बाप के साथ गांव की मिट्टी, आबोहवा का कर्ज है, जिसने पाल पोसकर खोक्खन सिंग को डॉ. हिम्मत सिंह बनाया, गांव के उन लोगों के प्रति कर्ज है, जो मेरे बचपन के दोस्त रहें है, आज वे बीमार है....नई पीढ़ी के नौजवां जो नशे की गिरफ्त में आकर जवान होने से पहले ही बूढ़े हो रहें है...उनकी जवानी को नया आयाम देना चाहता हूँ.... हरेक बीमार का मुफ्त में इलाज करना चाहता हूँ.... और जानती हो ठकुराइन रानी ताल स्थित टूटे फूटे बजरंगवली के घर को ठीक-ठीक कराने की दिली मंशा है, उसी मंदिर में तो सर्वप्रथम भर नजर हम एक दूसरे को देख पाये थे....याद है न आपको प्रथम रात्रि के मिलन से पूर्व हम लोग बजरंगवली के आशीर्वाद के लिए घर के सभी छोटे-बड़े सदस्यों के साथ मंदिर गये हुये थे...वहां से लौटते वक्त तालाब की ढलान में आपका पैर फिसला था तब मैंने आगे बढ़कर आपको सहारे से सम्हाल लिया था, और हवाओं ने आपके खूबसूरत चेहरे का दीदार करा दिया था......कसम से ठकुराइन !! वह खूबसूरत मंजर, वो प्रथम स्पर्श, आज भी मानस पटल में ज्यों का त्यों है।

'मेजर सा कैसे भूल सकती हूँ....आज भी आपके साथ गुजारे हुये लम्हे दिल की किताबों में महफूज़ हैं....मेरी सारी खुशी आपके साथ है.....मैं अंतिम सांस तक आपके साथ हूँ....ये लीजिये'...मुस्कुराहट और गर्मजोशी के साथ अपना दाहिना हाथ मेजर की ओर बढ़ाती हुई ठकुराइन बोलीं।

'ये हुई न जिंदादिली की बात' आगे बढ़कर वे उनका हाथ मजबूती के साथ पकड़ लिये थे।

अरे !! आप लोग किस बात पर हाथ मिला रहे हैं'....छोटी बहू मोना कमरे में प्रवेश करती हुई बोली।

हम दोनों के बीच नया एग्रीमेंट हुआ है..अभी-अभी'..ठकुराइन हँसती हुई बोलीं।

'एग्रीमेंट... किस चीज का।'

'मेजर साहब और मैं एक बार फिर से जिंदगी के अधूरे कामों को पूर्ण करने की कोशिश में गांव जायेंगे..... तुम्हारे दादा श्वसुर जी के पास।'

'ये ठीक होगा ?? मैं तो मान बैठी थी, पिता जी रिटायरमेंट के बाद साथ में रहेंगे...आखिर हम बच्चों को भी बड़ो की छत्र छाया की जरूरत होती है।' छोटी बहू भीतर से प्रसन्न होते हुये बोली थी....हो भी क्यों न..... सभी को आज़ादी पसन्द है....किसी के बनाये नियम कायदे उसी के सर में सवारी करते हैं, दीर्घ समय तक दूसरा कोई तरजीह नहीं देता है...सबकी अपनी-अपनी सोच है, सोच के दायरे हैं....यही उसे ठीक भी लगता है। मेजर श्वसुर के फौजी नियम पर चलना मोना को कतई मंजूर नहीं था...ये तो अच्छा हुआ वे अपनी मर्जी से गांव जा रहे हैं।

मेजर साहब गांव आ गये थे, उनके आने से सबसे ज्यादा प्रसन्नता उनके बूढ़े मां-बाप को हुई थी...उनके पिता रामबहादुर सिंह अब गांव में सबसे कहते फिर रहे थे....'देख लेना अब नब्बे से पहले हम दुनिया से हिलने वाले नहीं हैं...पांच साल का ग्रेस पीरियड खोक्खन के आने से मिल गया है।

'भगवान हम दोनों को साथ-साथ उठाये।' उनकी माता जी अपनी इच्छा जाहिर करती थीं। 'काहे उठाये साथ-साथ...तुम सेंचुरी मार के आना तब तक हम ऊपर जाकर रहने लायक ठौर-ठिकाना बना लेंगे।' पोपली हँसी के साथ रामबहादुर सिंह कहा करते थे।

बाहर के बरामदे को मेजर साहब ने अस्पताल का रूप दे दिया था...सुबह-शाम दो वक्त वे गांव से आने वाले बीमार लोगों का मुफ्त में इलाज करना शुरू कर दिये थे...खासी भीड़ आती थी इलाज के लिये.... धीरे-धीरे बात फैली...तरह-तरह की बातें भी उठने लगीं...कुछ लोगों को परेशानी हुई...खासकर झोला छाप डॉक्टरों का उनके आने से वे बेरोजगार हो गये थे...भूत-प्रेत.उतारने वाले औघड़ों का भी धंधा चौपट होने चला

था...लेकिन किसी में मेजर से अकेले टकराने की हिम्मत नहीं थी...अतः मेजर साहब को पटकनी देने की सभी ने एक गुप्त मीटिंग की....

'मेजर के बच्चे को सबक सिखाना अब जरूरी हो गया है...इसने आते ही हम लोगों का धंधा बन्द करा दिया है...साला मुफ्त में इलाज करता है...अब हमारे पास कौन आयेगा।'

हां.. हां... वर्मा जी...ठीक कहा आपने मेरे तो सारे मंत्र बेकार हो गये... घर में गुड़-नारियल की कमी नहीं होती थी...खर्च लायक नकदी भी ठीक-ठाक मिल जाती थी। खिचड़ी हो आई दाढ़ी पर हाथ फेरता हुआ लटकन ओझा बोला।

'तुम तो नम्बरी कमीने हो...भूत-सूत कम, भूतनी की छाती पर ज्यादा नज़र मारते थे...तुम्हारा साथ तो ठीक हुआ....मेरी सोचो...साले ने पुलिस बोलाय के लतिलाय दिया...अभी तक कम्मर सीधा नाहीं होत।' शहर से दारू लाकर गांव में बेचने वाला ,'मल्हार' मुट्ठी भींजते हुये बोला।

'अरे !! बाबू लोग आइसे ही आपुस में लरेगा... तो कुछु नहीं होने का कोई दमाग से आइडिया चलाओ...तभी काम बनेगी.... तम्बाकू की खुराक ओंठ नीचे दबाता हुआ 'चांदसी दवा खाना' चलाने वाला बंगाली डॉक्टर बोला।

'मेरे पास आइडिया है...तुम सब लोग कहो तो...' थाना कचहरी में दलाली करने वाला, बड़ी आंख वाला सुरजन जूते को बैठका बनाते हुए फुसफुसाया।

'तुम्हारी बड़ी गन्दी आदत है, हर बात में गारंटी मांगते हो...फुल चोंच खोलो न...इधर कौन मेजरबा का यार है....सब एक ही बिरादरी के लोग बैठे हैं।'

आखिरकार उन लोगों ने मेजर को हटाने के लिये एक खतरनाक फैसला ले लिया। अगली दिन सुबह एक चौबीस-पच्चीस साल की उमर का लड़का मेजर साहब के पास नौकरी के लिये आया, उसने बताया कि वह

शहर में कई डॉक्टरों के क्लीनिक में काम कर चुका है, दवाई इंजेक्शन, मरहम पट्टी का काम जानता है....मेजर साहब ने बगैर जाती तहकीकात के उसे तीन हजार मासिक पगार पर रख लिये... वह वाकई बहुत होशियार निकला...खूब मन लगाकर काम करता, धीरे-धीरे वह मेजर साहब का भरोसेमंद हो गया...अब वह भीतर से मेजर साहब के लिये चाय पानी भी लाने लगा था...एक दिन का वाकाया है....शाम गहराने लगी थी, दिन भर मरीजों को देखने के बाद मेजर साहब आराम कुर्सी में बैठे कोई किताब पढ़ रहे थे....तभी वह भीतर से चाय ले आया और मेजर साहब के हाथ में पकड़ाते हुये बोला..... 'सर !! आज मैंने खुद चाय बनाई है...कोई चूक हुई हो तो मुआफ़ी दीजियेगा।'

'इसमें मुआफ़ी की कौन सी बात...दरअसल मुझे चाय की तलब थी ही...मैं खुद बोलने वाला था कि तुम ले आये....तुम्हारा हक धन्यवाद पाने का बनता है।' वे उसके हाथ से चाय का कप लेते हुये प्रसन्नता से बोले।

मेजर साहब चाय धीरे-धीरे पूरी पी गये...चाय पीते ही वे कुर्सी से नीचे लुढ़क गये....मुँह से झाग बहकर फर्स में फैलने लगा...कोई उस समय उनके पास नहीं था...विलम्ब से ठकुराइन जब बाहर को आईं तब उनकी दशा देखकर मदद के लिये जोर से चिल्लाई...आनन फानन में मेजर साहब को चालीस किलोमीटर दूर जिला चिकित्सालय लाया गया, लेकिन उन्हें बचाया नहीं जा सका...पूरे शरीर में जहर का असर हो आया था....भोर होने से पहले सभी प्रियजनों को रोता बिलखता छोड़कर घायल-बीमार सैनिकों को जी जान से सेवा इलाज करने वाले रिटायर्ड चिकित्सक मेजर हिम्मत सिंह..बिलहरी गांव के जन-जन के चिकित्सक, रामबहादुर सिंह के इकलौते बेटे खोक्खन सिंग, अज्ञात की यात्रा में बिना कुछ बोले, अकेले निकल गये थे....किसी के लिये आँसुओ का सैलाब तो किसी के लिए खुशी देकर.... हर मनन शील व्यक्ति के लिए एक पहाड़ जैसा सवाल 'कि आखिर कब तक हैवानियत के कुत्सित मंसूबों और छल-बल के आगे इंसानियत शहीद होती रहेगी।

'गिद्ध राज की जै'

मैं उन कहानियों को कहानी की जमात में खड़ा नहीं कर सकता जो औरतों के शरीर का फीता लेकर नाप जोख करती हैं, या उनके पैरहन का बारहा जिक्र करती हुई आगे बढ़ती हैं, मैं उन्हें भी कहानी नहीं मानता जो खून खराबा, अश्लीलता या महज मनोरंजन के लिहाज से कहीं जाती हैं ऐसी कहानी तो रोज अखबार में भी मिल जायेगी।

कहानी तो बेशक वो होती है, जो मुँह से निकलकर कान के रास्ते सीधे दिल को स्पर्श करती हुई दिमाग के सोये तारों में झनकार पैदा कर जाती है। जी हाँ !! ये कहानियां न तो कागज कलम की मोहताज है, न किताबी शक्ल देने के लिये किसी प्रकाशक की....ये स्वयं प्रकाशित होती हैं। ऐसी कहानियों के कहानीकार को अक्षर ज्ञान तक नहीं होता है...लेकिन शब्दों का अकूत भंडार उसकी जीभ से नदी के गतिमान जल की तरह प्रवाहमय रहता है...सुनने वाला इस कथा रस में ऐसे डूब जाता है कि कहानी के साथ स्वयं को जुड़ा हुआ महसूस करता है..साथ चलती है सिर्फ एक जिज्ञासा 'आगे क्या हुआ'....फिर क्या हुआ?? ये उत्सुकता कथा के अंत तक मन से जुड़कर चलती है। मजाल है कि...सुनने वाला सुस्सू के बहाने उठ जाए...या नींद की झपकी मार दे.....ये कहानियां कपोल कल्पित होती हैं, लेकिन यथार्थ को पकड़ कर चलने वाली होती हैं...ऐसी ही एक कहानी लेकर हाज़िर हुआ हूं...जिसे बचपन में सुना था....लेकिन आज भी यह कहानी उतनी ही प्रासंगिक है, जितनी पहले थी।

अगहन का महीना, जोर की ठण्ड गांव के बाहर आम के बगीचे के खाली स्थान में कोदौ और ज्वार का खलिहान...शाम के बाद का वक्त, लेकिन ठीक-ठीक समय बताना सम्भव नहीं है.....समय बताने वाली घड़ी गांव भर में सिर्फ हेडमास्टर साहब के घर में थी, वह भी पिछले साल तक समय बताती रही....लेकिन उसके बताये समय को जब किसी ने तरजीह

नहीं दी तो उसने भी समय बताना छोड़कर बच्चों के साथ सिर्फ एक कांटे के सहारे खेलना शुरू कर दिया है।

किसानों ने अपने-अपने कोदौ के पैरहट में मैला कुचैला, फटा पुराना चादर डाल कर बिछावन डाल रखा था, ओढ़ने के लिये घर की सबसे पुरानी रजाई और ओढ़ने वाले भी उम्र दराज़ लोग। आम की छाया में लकड़ी का जलता हुआ ठूँठ और उसे घेर कर बैठे हुये धान के पैरे पर आलथी-पालती मारे कहानी के रसिक श्रोता...कहानी कहने वाले भी विशेष व्यक्ति होते थे, सबके पास कहानी कहने का हुनर नहीं था।

थानेदार (कहानी कहने वाले व्यक्ति का नाम) के आते ही सब लोग खुश हुये ...जलती हुई लकड़ी के चौले से निकली हुई लौ को फूंक-फूंक कर तेज कर दिया गया है, जिसके सबके चेहरे के भाव क्षणिक गोचर होने के साथ पहचान में भी आये कि कौन- कौन बैठक में हाज़िर है।

'अरे थानेदार को जगह दो न।'

'ये ले...सरजू अपनी जगह से दायीं ओर को खिसक गया।

'भई सुरंजन !! तनक तमाखू घिसो न..मेरी तो थैलिया आजु ओसारे ही छूट गई।' पैरे के मोढ़े पर थानेदार आसन जमाता हुआ बोला।

'कक्कू !! आज कोई नई तरह की कहानी सुनाने वाले थे न...तो जल्दी करो, हम लोग बेरा हुए से इंतज़ार में है।'

'ठीक है, ठीक है.....जरा हाथ-पाँव तो सेंक लेने दे।'

'अरे थानेदार !! कहना तो मुँह से है..कहते चलो और हाथ-पाँव भी सेंकते रहना।' पिच्च.....तम्बाकू की लंबी पीक छोड़ता हुआ सेवक बोला।

अरे यार !! सब्र करना सीखो...भूख लगने पर पेट को कुलबुलाने दो, फिर खाने की तरफ हाथ बढ़ाओ...रोटी का स्वाद और महत्व दोनों बढ़ जाता है..अब इत्ती देर तक सबर किया है तो थोड़ा और सही...थानेदार के मुंह में तमाखू तो जाने दो।' चूने के साथ मली हुई एक चुटकी तमाखू

थानेदार की हथेली में रखता हुआ सुरंजन बोला।

लो सुनो...बेकार की बहस मत चलाओ....

'ये उस समय की बात है जब देश रियासत, सूबे और इलाकों में बंटा था...रियासत के मुखिया राजा होते थे, इलाके और सूबे रियासत के अधीनस्थ होते थे। एक बार देश में लगातार तीन साल तक पानी नहीं वर्षा, तालाब, नदी, कुँए सब सूख गये, पानी की एक बूंद का भी दूर-दूर तक दर्शन नहीं...घनघोर अकाल पड़ा....राजा स्वयम बहुत चिंतित थे...क्या किया जाये... कि पानी बरसे....रियाया को प्यासा मरने से बचाया जाये... इसी मन्त्रणा के लिये राज दरबार ने मीटिंग बुलाई...दो दिनों तक मसले पर बहस चली लेकिन कोई कारगर हल सामने नहीं आया...तब राजा क्रोधित होकर बोले....

'आप लोग किस दिन के लिये है...आज सारा मुल्क पानी के संकट से जूझ रहा है, और आप लोग किस बात की पगार लेते हैं... इलाकेदार साहबान, महामंत्री जी, सेनाप्रमुख, राजबैद्य जी, राजपुरोहित जी, राज ज्योतिषी जी, कुछ तो उपाय सुझाओ वरना सब की मौत बिना पानी होना तय है।'

'बिल्कुल नये टाइप की कहानी कह रहे हो कक्कू।'

'चुप कर यार...आगे तो बोलने थे अभी से टिडिंगी मत मार...हां थानेदार !! बोलते रहो.. अब कोई नहीं बोलेगा।' सुलगते हुये चैले में फूंक मारता हुआ माधव बोला।

तब राजज्योतिषी जी ज्योतिष के फटे पन्ने सम्हालते हुये खड़े होकर बोले...'महाराज पानी क्यो नहीं बरस रहा है, इसका कारण बताने वाला पन्ना चूहे खा गये हैं...निदान वाला हाथ में है...इसमें लिखे अनुसार स्वयं महाराज के साथ महारानी साहिबा और राज के प्रमुख लोग, यथा इलाकेदार साहबान, सूबेदार साहबान भगवान भोले नाथ का नित्य जल अभिषेक करें, तो वे प्रसन्न होकर इंद्रदेव को धरती पर पानी बरसाने का हुक्म दे

सकते हैं।'

'थोड़ा सी बात और यदि जल अभिषेक के साथ जोड़ दिया जाये, तो भगवान शिव जल्दी खुश हो सकते है।' शोक की मुद्रा में बैठे हुए राजपुरोहित जी गर्दन उठाकर बोले।

'शीघ्र बताया जाये।' राजा ने आदेशित किया।

महाराज !! रियायत का हर आदमी अपने-अपने घर में यथा-योग्य जलाभिषेक करे...तेल, खटाई, मिर्च का त्याग कर दे, दाढ़ी और सर के बाल काटना छांटना बन्द कर, भूमि शयन करे।'

'अत्युत्तम..अत्युत्तम...सेनापति जी ऐलान करवा दीजिये...गांव-गांव, टोला-टोला....सब को राजाज्ञा से अवगत करा दें, कल सुबह से यह उपाय अमल में लाया जायेगा।' राजा साहब ने हुक्म जारी कर दिया...तभी एक सभासद शंकित मन से डरता हुआ बोलने के लिये खड़ा हुआ।

'अब क्या है ?? हुक्म जारी हो गया है....अब बोलना हुकम उदूली मानी जायेगी...महा मंत्री गुर्राये....'इन्हें भी बोलने दो न' राजा का आश्वासन पाकर सभासद बोला...

'महाराज !! क्षमा हो...आज कुछ घरों को मुश्किल से एक बाल्टी पानी मिलता है, ऐसे में यदि वे भगवान शिव को पानी चढ़ा देंगे, तो क्या पियेंगे, पानी की किल्लत हो जायेगी...हुजूर।'

'ठीक है, महामंत्री जी !! ऐसे घरों को चिन्हित कर जलाभिषेक से छूट प्रदान कराई जाये...लेकिन अन्य उपायों को अमल में लाना अनिवार्य होगा। राजा साहब बैठक बर्खास्त करते हुये बोले।

'बड़ी धांसू कहानी है थानेदार....फिर क्या हुआ ??' पानी भरे लोटे को नजदीक सरकाता हुआ कौशल बोला।

'चारों तरफ पानी का हाहाकार तो मचा ही था, सेर-सवा सेर पानी जल अभिषेक में भी खर्च होने लगा।..जद्पि रसद की कोई कमी नहीं

पड़ी... इलाकेदारों ने कोरे कागज में अंगूठा लगवाकर सबको किनकी, कुटकी, जौ बाजरा इफरात में दिया था.... पानी की किल्लत से इतर एक और नयी समस्या आ गयी थी।'

'क्या ?? कौन सी समस्या, सभी एक स्वर में बोल पड़े।'

दाढ़ी और सर के बाल बढ़ जाने से सब एक जैसे दिखने लगे थे... घर की औरतें डरी हुईं थी कि दाढ़ी खुजलाता हुआ कोई दूसरा न घर में घुस आये... इसलिये यह नियम बनाया गया कि द्वार से वह आदमी अपना और अपने बाप का नाम लेकर आवाज़ देगा, तभी द्वार खोलना है।'

'जैसे मुझे पवन के साथ रामजतन कहना पड़ता...तब भीतर जाने को मिलता।'

'हां....जरूरी था।

हर तरफ लोग जटा-जूट बढ़ाये पानी खोज रहे थे, नदियों में गढ्ढे बनाये जा रहे थे, सूखे हुए कूपों को गहरा करने की कोशिश चल रही थी, तभी हमारे गाँव मे अजूबा घट गया। हर कुँए को आजमाने के बाद गांव वाले बाड़े वाले कुआँ को गहराने उतरे थे, पाँच दिन की मसक्कत के बाद पानी का वो उलेला चला कि गहरा करने उतरे लोग जान बचाकर भागे।'

वाह वाह...गजब, जय हो कुआँ देव की।

लेकिन गांव वालों को पानी पीने को नसीब नहीं हुआ।'

'ऐसा क्यों ??'

कुँए में अचानक पानी आने की खबर जंगल में आग की तरह चारों तरफ फैल गई।

फिर ??

फिर क्या...वहीं हुआ जो सदियों से होता आया है, आज भी हो रहा है, और आगे कल भी होगा...ये मसल तो सबने सुनी होगी...'दूध पिएं गाज़ी मियां गाय दुहें मुनीम जी।' कुँए में पानी आने की खबर इलाकेदार

घूमन सिंह तक पहुँच गई थी..वे तत्काल दो घोड़ों से जुती बग्घी में चढ़कर गांव पहुँच गये..वे बीच गांव में खड़े होकर ऐलान किये...

'खबरदार, होशियार !! कोई भी गांव का आदमी उस कुँए का पानी पीने के काम में इस्तेमाल नहीं करेगा...अभी पानी चेक किया जायेगा, तभी कुछ कहा जा सकता है।

पूरा गांव कुँए के पास इकट्ठा हो गया था, दूसरे गांव से भी लोग आ रहे थे, जिन्हें जैसी खबर मिलती सब कुँए की ओर भागे चले आ रहे थे। खासा मेला जैसा वातावरण बन गया था, सबकी नजरें इलाकेदार की तरफ थी कि साहब हुजूर पानी की जांच किस तरह करते हैं....एक बकरी वहीं घूम रही थी...लोगों ने बताया कि यह बकरी तुफैल मोहम्मद की है...इलाकेदार ने उस बकरी को सबसे पहले पानी पिलाने को कहा...बाल्टी में पानी देखते ही बकरी पानी पर टूट पड़ी...देखते ही देखते पूरा बाल्टी भर पानी गटक गई, फिर कान खड़ा किया, शरीर को झटका दिया जैसे जम्हाई ले रही हो और लम्बी छलांग मारकर मैदान तरफ दौड़ गई।

'देखा तुम लोगों ने बकरी पागल हो गई है, अब यदि दौड़-दौड़कर मर जायेगी...इसलिये यह पानी इंसानी उपयोग लायक नहीं है, इंसान की जान बकरी के बराबर ही होती है।'

इसके बाद बग्घी में जुते घोड़ों को पानी दिया गया, वे गटागट एक सांस में तीन चार बाल्टी पानी झोंक गये..फिर हिनहिनाये, कान डोलाये और जोर से पीछे की तरफ पैर झटके...यह देख इलाकेदार साहब हँसकर बोले....

'ये पानी घोड़ो के पीने योग्य है, देखो कितनी खुशी जाहिर कर रहे हैं... ये बेचारे हिनहिनाना भूल गये थे। आज से इस कुँए पर पहरा रहेगा, ताकि कोई आदमी इस कुँए का पानी न पी सके, अन्यथा पागल होकर बकरी की तरह दौड़ता रह जाएगा।'

'आगे क्या हुआ थानेदार ??' बेउहर नाम के एक ग्रामीण ने उत्सुकता

जाहिर की।

'हुआ वहीं जो इलाकेदार ने चाहा... तांगा इक्का लेकर घोड़े आते थे, पानी पीते थे और ड्रम में भरकर ले जाते थे। गांव वाले तो बेचारे उस तरफ से निकलना छोड़ दिये थे। उनकी किस्मत में तो पोखर गटर का गंदला पानी था, उसी को छानकर प्यास बुझा रहे थे...आदमी बीमार होकर मर रहे थे....घोड़े तंदुरुस्त होकर जी रहे थे।' थानेदार दीर्घ अपानवायु छोड़ता हुआ बोला।

'ओह !! गलत बात...गलत बात..इलाकेदार ने गांव की जनता के साथ सरासर धोखा किया था..लेकिन ताज्जूब की बात यह रही कि किसी ने उसके खिलाफ आवाज़ नहीं उठाई।'

'हां बेउहर !! इतनी हिम्मत किसी में नहीं थी कि हुकूमत के खिलाफ आवाज बुलंद करे..गरीब और लाचार आदमी चलती फिरती लाश के मानिंद होता है, उसकी साँसे तक और कि मेहरबानी से चलती हैं।

'ये गांव की जनता के साथ अन्याय हुआ न दउआ !!' अँधेरे की तरफ मुक्का तानकर अतरसिंग बोला।

'आगे भी कहानी है कि सथरी में घुस जाएं... कल तड़के छोटी के ससुराल भी जाना है'..खुले मुँह में चुटकी देता हुए कौशल बोला।

'सुनो थोड़ी सी अभी बची है...मन लगाकर सुनो..किस्से का प्राणतत्व यहीं पर है...कुँए के बाजू में एक नीम का विशाल पेड़ था..उस पेड़ पर एक रात गिद्ध के सरदार ने अपनी पत्नी और साथी गिद्धों के साथ पेड़ में बसेरा लिया। कुँए से पानी रात-दिन ढ़ोया जा रहा था, चतुर गिद्ध को माजरा समझ में आ गया, उसे यह नाइंसाफी बहुत खली....उसने अपनी पत्नी से कहा...देख रही हो..'हम गिद्ध लोग जिंदा या मुर्दा किसी भी हालत में अपनी बिरादरी के लोगों का न तो खून चूसते है, न मांस खाते है लेकिन यह मक्कार इलाकेदार जीवित अवस्था में ही अपनी जात के लोगों को खा रहा है...धिक्कार है इसे। 'मक्कार इलाकेदार को मज़ा चखाने की गरज से

उसने अपने साथियों से कहा....अभी सब लोग विश्राम करो, लेकिन सुबह के साथ ही अलग -अलग पेड़ो से मोर्चा सम्हाल लेना, जैसे ही पानी ले जाता हुआ तांगा-इक्का दिखे फुर्ती से जाकर गाड़ीवान और घोड़े को चोंच मारकर छिप लेना है।'

प्रातः काल से गिद्धों ने इलाकेदार के खिलाफ जंग छेड़ दिया...चोंच के प्रहार से इक्का-तांगा हांकने वाले घायल होकर भाग रहे थे, वहीं बिदके हुए घोड़े भी हिनहिनाकर गाड़ी से पानी का ड्रम उलट-पलट रहे थे....हर तरफ अफरा-तफरी, चीख-पुकार, भागम-भागम का माहौल निर्मित हो गया। गांव के लोग डर के मारे घर के भीतर कैद हो गये। इलाकेदार ने कुँए से पानी निकासी बन्द करा दी.. लेकिन यह खबर धीरे- धीरे राजा तक पहुँच गई, सुनते ही राजा बहुत नाराज हुआ उसने एक सिपाही भेजकर तत्काल इलाकेदार घूमन सिंह को राज दरबार में हाज़िर होने का हुक्म दे दिया।

'क्यो जी घूमन सिंह !! कुँए वाली बात सही है ??' राजा ने उसे देखते ही कड़कते हुये पूछा।

'जी सरकार।,'

'और गिद्धों के हमले की खबर।,'

'ये भी सही है सरकार।'

'तुमने इतनी बड़ी बात छुपाकर राज्य और राजा के साथ गद्दारी की है, लिहाजा तुम्हे इलाकेदार के ओहदे से मुअत्तिल किया जाता है, और सात महीने की कैद की सज़ा भी तज़बीज़ की जाती है....हुक्म का कड़ाई से पालन हो...घूमन सिंह को कैद खाने में पहुँचाया जाये।

इलाकेदार को कैद खाने की तरफ सिपाही ले गये थे....गुस्से के मारे राजा साहब की आंखे महावर हो गईं थीं...कान फड़फड़ा रहे थे, तलवार कट मूछें ऊपर-नीचे हो रही थीं... किसी दरबारी में हिम्मत नहीं थी कि राजा को समझाइस देकर शांत करा दे। तभी वह महामंत्री से मुखातिब होकर बोला.....

'महामंत्री जी।'

'जी सरकार।'

ये गिद्ध कोई मामूली नहीं लगते..मेरा अनुमान कहता है, ये सब उसी गांव के बाशिंदे है, जो प्यासे होकर या गन्दा पानी पीकर मरे हैं..ये अब प्रेत योनि में है..कल को इनका गुस्सा राजधानी तक आ जायेगा..समूचे राज्य में नई विपदा आ सकती है...कोई उपाय तज़बीज़ किया जाए।'

'इन गिद्धों को तोप से उड़ा दिया जाये सरकार।' सेनापति दबी जुबान से नज़र नीची किये हुये बोले।

'सेनापति !! तुम सठिया गये मालुम पड़ते हो...उचित है अब रिटायरमेंट ले लो। अरे वो प्रेत है...उनसे कैसी लड़ाई, वे तोप का मुँह चलाने वाले की ओर फेरने की कूबत रखते हैं।'

मेरी राय है हुजूर !! राजपुरोहित हलक तक आई जान को भीतर धकेलते हुए बोले......'गांव वालों की मदद से उस कुँए को बन्द करा दिया जाये, फिर उस जगह में हनुमान जी का मंदिर बनाकर बजरंगबली की प्रतिमा विराजी जाय, भजन कीर्तन के साथ गांव वालों को और गिद्धों को भरपेट भोजन-पानी कराया जाये... इससे उनका क्रोध शांत हो जायेगा, कुछ कसर भी रह जायेगी तो फिक्र नहीं है....मेरा यकीन है बजरंगवली सब सम्हाल लेंगे...हनुमान चालीसा में साफ लिखा हुआ है...

'भूत पिशाच निकट नहिं आबै।

महावीर जब नाम सुनाबै।।'

'बहुत सही, राजपुरोहित जी !! आपकी राय काबिले गौर है, लेकिन खर्च बड़ा है, इस समय राज कोष में अतिरिक्त जमा नहीं है...अभी तो पूरी पूंजी पानी के इंतजाम में जा रही है...ये सब कैसे होगा।'

'एक उपाय है हुजूर !! इलाकेदार घूमन सिंह की सज़ा में तब्दीली की जाय, उसे छोड़ दिया जाए और उसे कुँए को बन्द कराने, मंदिर बनवाने

और भंडारे तक का सारा खर्च उठाने की सज़ा दी जाये। कैद में पड़ा-पड़ा वह इधर का ही खायेगा।'

'महामंत्री आपकी अकल का कोई जबाब नहीं...इसे कहते हैं एक तीर से दो शिकार...वाह वाह।' राजा मुस्कुरा उठे, गुस्सा चली गई, कान फड़फड़ाने बन्द हो गये... मूछें स्थिर हो गईं।

'वाह-वाह थानेदार !! क्या किस्सा सुनाया आज ...मां कसम मजा आ गया, एक साथ कई लोग बोल पड़े।'.

फिर क्या हुआ ??

'घूमन सिंह को राज कैद से रिहा कर दिया गया, उसने कुआँ बन्द कराया, मंदिर बनवाया, बजरंगवली की मूर्ति स्थापित कराई, जबरदस्त भंडारा किया, दूर-दराज से ग्रामीण आकर भरपेट भोजन प्रसाद पाये, छककर पानी पिये, गिद्धों को ही वहीं भोजन कराया गया जो सब के लिये बना था। इसके कुछ दिन बाद ही पुराने लोगों के बताये अनुसार इंद्र देव भी खुश हुये, बादलों को धरती में पानी देने का हुक्म जारी कर दिये, और झूम-झूमकर कारे-कारे बदरा, गरज-लपक कर रात भर बरसात किये। तीन साल से प्यासी धरती की प्यास बुझ गई, नदी-नालों में यौवन आ गया, दादुर-झींगुर बसेरों से बाहर आकर मंगल गीत गाने लगे।

कथा समाप्त हुई, सब लोग प्रेम से नीचे तक जोर लगाकर मेरे साथ तीन बार बोलो.... 'गिद्ध राज की जय...गिद्ध राज की जय...गिद्ध राज की जय।'

मंगला..

बेनी माधव, रसुले, फकीरे, जोगीरा, कौशिल्या बुलाकी........ ठेकेदार के करीब बैठा हुआ मुनीम आंख में मोटा चश्मा लगाये, रजिस्टर में थूक लगाता हुआ एक--एक मजदूर का नाम बुलाकर मजदूरी का भुगतान करवा रहा था। आज शनिवार का दिन था, इसी दिन साप्ताहिक मजदूरी भुगतान का नियम ठेकेदार ने बनाया था। सभी मजदूर कतार में खड़े अपना नाम मुनीम के मुँह से सुनने को बेताब थे।

सुंदर भी इसी कतार में खड़ा अपनी बारी का बेसब्री से इंतज़ार कर रहा था। आज वह मन ही मन बहुत खुश था। आज सुबह इधर को आते समय हाथ में टिफिन देती हुई केतकी ने उसे याद दिलाया था......

'सुनो जी !! भूलना नहीं...रात वाली बात, वो जरूर ले के आना, और तेज मिरच वाली नमकीन भी, और हाँ !! लइया-पट्टी भी, निखालिस गुड़ की बनी।

जबाव में सुंदर एक मुस्कुराहट पत्नी की ओर फेंककर, साइकिल की सीट पर कूद के यूँ सवार हुआ था, जैसे कोई रेस के घोड़े की पीठ पर बैठा हो। 'ये औरतें भी किस मिजाज की होती हैं, अभी तक तो मिरच हाथ से छूती तक नहीं थी, अब ये जब से पेट से हुई है, न मालुम इसे क्या हो गया ? क्या क्या चाहिए इसे......खैर जो कहेगी मैं, ले जाऊँगा उसके लिये, उसकी खुशी के लिये.....घर की खुशी के लिए....वो खुश रहेगी, तभी न खुशी देने वाली सन्तान पैदा करेगी, लड़की होगी तो दो घरों को खुशी देगी, लड़का होगा तो...कम से कम मुझे तो लाइन में इस तरह खड़ा न होने देगा।'

तभी मुनीम ने जोर से नाम पुकारा.....'सुंदर लाल पिता छगनलाल'

अपना नाम सुनते ही विचारो की लड़ी टूट गई और वह मुनीम के सामने मेढ़क की तरह उछलकर पहुँच गया।

'जी !! सुंदर'

ये ले ढ़ाई सौ के हिसाब से पंद्रह सौ....छै दिन के....और दस्तखत बना। रजिस्टर सुंदर की ओर बढ़ाता हुआ मुनीम बोला।

मुनीम जी रजिस्टर में तो तीन सौ के हिसाब से अठारह सौ रुपये छ: दिन की पगार लिखी है आपने ??

अरे भई सरकारी टेक्स भी तो कटता है, क्या अपनी जेब से टैक्स पे करूँगा। इस बार ठेकेदार बोला।

'टेक्स का हिसाब तो लिखा नहीं है रजिस्टर में।'

'तू बड़ी चपर-चपर लगाता है...टैक्स की इतनी समझ रखता है, तो सरकारी दफ्तर में नौकरी कर ले...हमारा पिंड छोड़...इधर मजदूरों की कमी थोड़े है।' ठेकेदार ऊँची आवाज़ में बोला।

पांच पांच सौ के कड़कते नोट ठेकेदार से लेकर अनमने भाव से वह अपनी साइकिल लेने मैदान की तरफ बढ़ गया। उसकी साइकल जमीन सूंघ रही थी, शायद किसी ने धक्का देकर गिरा दिया था। उसने साइकल को बड़े प्यार से उठाया, जैसे कोई मां जमीन पर गिरे बच्चे को उठाती है।

दिन भर की जमी धूल को सीट पर से हटाया और चल पड़ा बाजार की तरफ......तभी ये क्या ?? पिछले चके से हवा नदारत...वह मन ही मन झुंझलाया......'तुम भी यार पगार के दिन ही धोखा करती हो....ये धोखेबाज़, मक्कार ठेकेदार छै दिन का काम कराता है और मजदूरी पांच दिन की देता है...कोई देखने-बोलने वाला नहीं है और ऊपर से तुम...... अगले शनिवार को तुम्हारी ट्यूब टायर नयी करवाने को बोला हूँ न....पता नहीं मुझ पर तुम्हे भरोसा नहीं है, पगार के दिन ही अपना गुस्सा दिखाती हो....लगवा तो आज ही दूँ, लेकिन का करें, तुम्हारी मलकिन की फरमाइस आज बड़ी है, जानती हो उसने क्या क्या मंगाया है....चोगा नुमा चोला ....अरे क्या नाम बताया था....भूल गये, कोई बात नहीं... नाम से क्या लेना देना....दूकान दार मेरी बात समझ लेगा। तुम्हें छोटू की दुकान में

छोड़कर जाऊँगा..... तुम्हारी मरहम पट्टी हो जायेगी....तब तक बाजार भी हो आऊँगा।

'गुस्सा थूक दे सुंदर...इन बेईमान ठेकेदारों से उलझना ठीक नहीं है...ये बड़ी पहुँच रखते हैं...तुम्हारी कटी मजदूरी का हिस्सा ऊपर तक कमीशन के बतौर पहुँचाया जाता है। क्या बिगाड़ लेगा इनका..तुम अदना सा मजदूर हो।' सुंदर के भीतर से आवाज़ उठी थी।

सिंगरौली जनपद से सटे 'खामडीह' कस्बे के खाली पथरीली जमीन पर वेयर हाउस का निर्माण कार्य विगत साल से चल रहा है, समीपस्थ गांवों के लोग मजदूरी करने आते है और शाम को घर लौट जाते है, कोई बता रहा था इसकी भंडारण क्षमता सबसे ज्यादा होगी...एशिया का सबसे बड़ा बेयर हाउस बन रहा है। कुछ भी हो काम तो मिला हुआ है, फिलहाल....किसी तरह से पेट चल रहा हैं।

छोटू की दूकान पर पंचर बनाने को बोलकर सुन्दर बाजार की ओर बढ़ गया था। ये कस्बा कोई बड़ा तो नहीं था लेकिन रोजमर्रा जरूरत की सभी चीजें मिल जाती थीं, कस्बे से लगे गांव के लोग अपनी हर जरूरत की चीजें यही से खरीदते थें।

सुंदर जब बाजार से खरीददारी करके छोटू की दूकान की तरफ बढ़ा, तब तक अंधेरा घिर आया था, पूरा खामडीह कस्बा सफेद मरकरी की रौशनी से जगमगा गया था...हालांकि घड़ी के अनुसार अभी साढ़े पांच ही तो बजे थे, लेकिन यह नवम्बर महीने की घड़ी थी।

कमबख्त ये घड़ियां भी बड़ी ऊँची चीज होती हैं....हर किसी के समझ में न आने वाली....मई जून में तो सूरज को सात बजे के पहले आराम करने नहीं देतीं और अब मेरे घर पहुँचने से पहले ही अंधेरा कर दिया.....इसे पता नहीं सुंदर का गांव भयानक जंगली रास्ता तय करने के बाद आता है।' वह अपने आप से बात करता हुआ साइकिल की दूकान तक आ गया। उसे बताया गया कि साइकिल का पहिया पंचर नहीं था, किसी ने हवा निकाल दी

थी। उसने बड़े प्यार से साइकिल की सीट और हैंडिल पर हाथ फेरा और साइकल दौड़ा दी घर की तरफ जाने वाली सड़क पर.........

'सुना तुमने तुम्हारी हवा किसी ने निकाल दी थी, छोटू ने पम्प से भर दिया तुम फिर टनाटन हो गई, लेकिन सोचता हूँ, अगर किसी दिन मेरी हवा फुस्स से निकल गई तो क्या होगा ??

छोटू के पास इस तरह का पम्प भी होना चाहिये जो आदमी की निकली हवा को फिर से वापस भर दे।' खैर कल पूछ लूँगा अभी तो घर पहुँचने की जल्दी है...केतकी दुआर झांकती होगी....और दददू ने तो खाँसने की रफ्तार बढ़ा दी होगी। देख यार अब कस्बा निकल आये हैं, आगे जंगल का रास्ता है.... जरा तेज पैडल मारूँगा.... तुम भी रफ्तार से दौड़ती रहना... सोरा बीस.. सोरा बीस.....पटकनी मत देना अपने सुंदर को.... सोचता हूँ घण्टी भी लगवा दूँ, गांव पहुँचते ही टिन..टिन... ट्रिंग तीन बार मार दिया करूँगा,

तेरी मालकिन समझ जाया करेगी कि सैया जी कमा के लौट रहे है। ....बोल मेरा आयडिया जमा कि नहीं.... अगर जमा तो उस साइकिल वाले से आगे हो जा.......तू साइकिल जरूर है, लेकिन शेरनी की तरह दौड़ती है। होशियार !! अब आगे नदी है..नदी में पुल है या पुल में नदी है... धत्त तेरी की पढ़े-लिखे लोगों के कुतर्क में उलझ गया... बकबास छोड़कर दम लगाकर पैडल मार सुंदर ....पुल की शुरुआत है चढ़ाई तो होगी ही।

सुंदर कभी साइकल से कभी स्वयं से बात करता हुआ बीच पुल में आकर सायकल को स्टैंड के सहारे खड़ी कर दिया...जेब से बीड़ी निकाली और माचिस की तीली से सुलगाकर नथुनों से धुँए के छल्ले छोड़ने लगा।

'थोड़ा तू भी रेस्ट मार लें हम भी दम लगा लें...आगे का रास्ता जंगल का है, इसलिए सरपट भागना होगा।' वह साइकल को सम्बोधित कर बोला था, तभी पुल के नीचे से किसी के हँसने की आवाज़ आई...उसने नीचे झांककर देखा...धुंधलके की वज़ह से ज्यादा साफ तो नही देखा गया किन्तु

सुंदर ने अनुमान किया कि एक इंसानी जोड़ा पुल के नीचे बैठा प्रेमालाप में मग्न है।

शायद इन्हें मुझे देखकर हँसी आई है...इन मूर्ख प्रेमियों को कौन बताये सुंदर का रुतबा इस मामले में तुमसे बड़ा है...उसके पास माटी का सही, घर है...घर में कमरा है और उस कमरे में हर हँसी में साथ देने वाली सुघड़-सलोनी पत्नी भी है.... चल सुंदर ये तेरी बादशाहत को नहीं समझ सकते।

सुंदर कभी चुप रहने वाला इंसान नहीं था, वह कभी साइकिल से तो कभी दरख्तों से, घर की दीवारों तक से बात कर लेता है, ज्यादातर वह अपनी साइकिल से ही बोलता बतियाता है, उसके अनुसार इस साइकिल में जीवन है, हवा खाकर दौड़ती है, ये न होती तो कैसे चार कोस जाकर मजदूरी कर पाता। केतकी से मजाक मजाक में वह बोल भी जाता था......

'देख ये तेरी सौत है....तुमसे ज्यादा इसका खयाल रखना होता है, तभी यह ठीक से चलती है....अन्यथा ....अब समझ लो।'

केतकी मोतियों जैसे सुंदर दन्तपन्ति को क्षणिक बाहर निकाल कर सुंदर की बात का समर्थन कर देती थी।

तीन लोगों के छोटे से परिवार में खुशियों की इनायत थी, चार बीघे की जमीन से उदर पोषण आराम से चल रहा था, थोड़े-बहुत रोकड़े की कमी सुंदर पूरी कर रहा था, सुंदर को मां और पिता दोनों की छत्र छाया मिली हुई थी...ऊपर से जी-जान से प्यार करने वाली रूपवान पत्नी केतकी।

सुंदर अपने पिता को ददद्दू कहा करता था। हर किसी के सुख दुख में शामिल-शरीक होने के कारण पूरे गांव के लिए छगनलाल ददद्दू बन गये थे।

बम्हनाने और ठकुराने में छगनू थे, लेकिन वहाँ से भी जरूरत के समय हर तरह की इमदाद मिल जाया करती थी। इस छोटे से गांव में हर जातियों के लोग थे, दो घर मुसलमानों के भी थे...लेकिन सभी के बीच

भाईचारा कायम था।

सुंदर जंगली सड़क के उतार-चढ़ाव को पार करता हुआ, हर मोड़ से मुड़ता हुआ घर के तरफ बढ़ ही रहा था कि किसी ने पीछे से उसके सर में जोरदार प्रहार कर दिया।

सुंदर देर तक घर नहीं पहुँचा था, उसके साथ काम करने गए सभी मजदूर घर आ गये थे, छगनलाल के साथ पूरा गांव परेशान हो उठा था....लाठी टॉर्च लेकर कुछ नौजवान सुंदर की तलाश में खामडीह जाने वाले मार्ग पर निकल पड़े थे..आगे का रास्ता जंगल का था...सर्पाकार सड़क घूमकर फिर वहीं आ जाती थी।

केतकी बार-बार द्वार तक जाती, द्वार खोलती और दूर देखने की कोशिश करती, लेकिन उसे अँधेरे में शराबी की तरह झूमते पेड़ों के लहराते साये के अलावा कुछ नजर नहीं आता था..गांव में बिजली की नियमित कटौती का समय था...ऊपर से सांय-सांय करती हवा और अकारण भूँकते हुये देसी कुत्ते वातावरण को और डरावना बना रहे थे।

अब बिजली ग्यारह बजे रात आयेगी, वह खटाक से दरवाजा बंद कर कमरे में टँगी बजरंगबली की फोटो के सामने सुंदर के सकुशल लौटने की कामना करती है। लालटेन की कांपती लौ में बजरंगबली को गदा उठाने के भाव को हृदयंगम कर वह द्वार की तरफ मुँह करके बोल उठती है....'डरना नहीं सुंदर बजरंगवली ने मेरी विनती सुन ली है, वे हाथ में गदा लेकर तुम्हारी मदद को आ रहे हैं, तुम्हे कुछ नहीं हो सकता...कुछ नहीं...मद्धिम आवाज़ के साथ वह खटिया में बिस्तर की जगह बिछ गयी थी।

गांव के खोजी नवजवानों ने आखिर कार सुंदर को खोज ही लिया..बिरसा माई मोड़ के दस कदम आगे बढ़ने पर किसी के कराहने की आवाज सुनकर खोजी दल आवाज की दिशा में बढ़ा....टॉर्च की रौशनी में वह पहचान में आ गया, वह सुंदर ही था...उसे होश आ रहा था...शायद अभी तक बेहोश था .उसके सिर से खून का रिसाव जारी था...घटना स्थल से

उसकी साइकल नदारत थी, कुछ भी नहीं बचा था, यहाँ तक की उसका पैंट भी उतार लिये थे, नादरद तौर पर लूट की वारदात लगती थी। उसे आनन फानन में जिला अस्पताल लाया गया...डॉक्टरों के परिश्रम से वह खतरे से बाहर आ गया था...पूरा गांव अस्पताल आ गया था...सुंदर को चार बोतल खून की जरूरत भी गांव के युवकों ने पूरा किया था।

कुछ दिनों में स्वस्थ्य होकर सुंदर घर आ गया...अब वह मजदूरी करने खामडीह नहीं जाता था...केतकी स्वयं को दोषी मानती थी...वह कहती.....'यदि मैं लइया और गाउन के लिए न बोलती तो बाजार न जाकर रोज की तरह टेम से घर आ जाते और ये घटना न घटती....ये तो बजरंगबली की कृपा दृष्टि हुई कि जान बच गई।'

'तुम नाहक आपन जी हलाखान करती हो बहुरिया... जोन लिक्खा है, कबो नाहीं टलत आय...'कोई लाख करै चतुराई, करम के लेख मिटे न रे भाई।'

'वाह अम्मा !! ठीक समझाई हो केतकी को...ये सारा दोष अपने ऊपर लिए बैठी है....जो हुआ सो हुआ पर मोरी सइकिलिया ले गया ससुरा... न जाने बेचारी कहाँ और किस हालत में होगी।' सुंदर उदास होकर बोला।

'हद कर दी...अरे दूसरी साइकिल खरीद लेना, जान है तो जहान है'.. आँगन की देहरी पर बीड़ी का सुट्टा मारता हुआ छगनू बोला।

सुंदर स्वस्थ्य हो गया था, लेकिन शहर जाकर मजदूरी करना बंद कर दिया था, अब गांव में ही फुटकर जो काम मिल जाता, वहीं कर लेता था, खाली समय में खेती किसानी में बाप का हाथ बंटाने लगा था..इसी तरह से जीवन-गाड़ी आहिस्ता-आहिस्ता सरकने लगी थी। आज सुबह से ही केतकी को प्रसव वेदना उठी थी, जो कभी तेज तो कभी मंद गति से हो रही थी...वह कमरे में पड़ी कराह रही थी, कभी धीमे कभी तेज स्वर में...केतकी की सास ने गांव की ही सयानी औरत जिसे प्रसव समय में हर बड़े-छोटे

घरों में बुलाया जाता था...हालांकि वह पढ़ी-लिखी नहीं थी और न ही किसी संस्था में ट्रेनिंग ली थी, लेकिन उसका तजुर्बा किसी महिला डॉक्टर के बराबर यदि न भी माना जाये तब भी किसी नर्स से कम नहीं था।

सुंदर भीतर-भीतर छटपटा रहा था..वह दो तीन बार जाकर उससे कहा था.....

'दादी अम्मा !! कुछ ऐसी-वैसी बात लगे तो खामडीह ले जाएं...इसी साल उधर एक प्राइवेट नर्सिंग होम खुला है...बताते है उधर हर प्रकार की सुविधा है।'

'ओहो !! हद्द कर दी..मोर बाल धुपिआय के उज्जर नहीं भये...चालीस-पचास साल का तजुर्बा हबै...रोज जचकी कराती हूँ...अभी गरम दबा पिलायी गयी है...आधे घण्टे और सबर कर...मोर बात झूठ लगे तो घर से धककिआय देना।' वह तैश ख़ाकर बोली थी।

'न..न !! आपकी बात झूठी नहीं होई...आप गुस्सा न करे..सुन्दरबा के समझ अबे ज्यादा नहीं है...इसे माफी देना काकी।' देववती (सुंदर की माँ) सुंदर को बाहर जाने का इशारा करते हुई बोली।

'अरे ले जाओ न !! दस मिनिट में चीर-फाड़ के बच्चा बाहर कई देहें..लेकिन बीस हज़ार का पहिले जोगाड़ कर लेना...बिना पैसे के उधर माखी तक नहीं भिन्नाय।'

'माफी दैदो उसे काकी !! हमी तो बड़ा भरोसा है तुम पर।'

'अरे !! देख लो आधा घण्टा..'नाक दूर का हँसिया' दवा का असर तो होन दो।'

सुंदर बाहर आ गया था, ओसारे में बैठा छगनू बीड़ी पी रहा था, वहीं जाकर वह भी जमीन पर बैठ गया... उसने एक नज़र बीड़ी पीते हुए बाप पर डाली फिर बाहर की ओर ताकने लगा....गांव के नंग धड़ंग बच्चे एक कुत्ते के पिल्ले के साथ खेल रहे थे, कोई उसकी पूँछ मरोड़ देता था तो कोई उसे लात जमा देता था, लेकिन वह पिल्ला कूँ-कूँ करता हुआ बच्चो

के आगे-पीछे चक्कर लगा रहा था। सुंदर उसकी दीन अवस्था पर सोचने लगा कि...'कमोवेश आज अपनी भी स्थिति उस कूकुर के पिल्ले जैसी है, भगवान करे सब ठीक हो, किसी से कुछ कहना फिजूल है...लेकिन केतकी को कुछ हो गया तो..कमबख्त दाई अम्मा को जिंदा नहीं छोड़ूँगा।

सुंदर की मुट्ठी अनायास ही भिंच गई थी, माथे की रेखाएँ स्पष्ट हो गई थी, उसके सामने बेपरवाह बैठा छगनू बीड़ी फूंकने में मशगूल था, वह कभी सामने बैठे पिता की ओर तो कभी द्वार के पार खेलते बच्चों को देख रहा था।

'गइया को भूसा दे आना।'..बीड़ी का अंतिम कश खींचता हुआ छगनू बोला था।

बिना कुछ बोले वह चुपचाप उठा और ओसारे के पिछवाड़े चला गया, जहाँ गाय बंधी थी...उसके नाद में पहले का ही भूसा पड़ा था..शायद उसका पेट भरा है.. अन्यथा यह तो नाद चाट-चाट कर खाती है...सुंदर को देखते ही गाय ने मुँह ऊपर उठा लिया, शायद कुछ कहना चाह रही हो, लेकिन बेजुबान गाय हृदय उठे भावों को कैसे अभिव्यक्ति दे, यह वरदान तो सिर्फ मानव जाति को मिला हुआ है। उसने गाय के कान और गर्दन को अपने हाथों से सहलाना शुरू कर दिया, उसे शायद बहुत अच्छा लगा था, उसने गर्दन नीचे कर ली थी। केतकी की कराहने की आवाज इधर कुछ कम आ रही थी..दोपहरी ढलने को थी, आज घर में खाना नहीं बना था। अचानक कमरे से आने वाली कराहने की आवाज बच्चे के रुदन में तब्दील हो गई...यह प्रसव होने का स्पष्ट संकेत था। जिस चोट की पीड़ा सुबह से अब तक सुंदर छाती में झेल रहा था, वह शिशु के रोने से समाप्त हो गई थी।

'जय हो गऊ माता !!' वह गाय का मुँह चूमकर भीतर को भागा, लेकिन ओसारे तक ही पहुँच पाया, उसके पिता दूसरी बीड़ी लेस चुके थे, लेकिन वे वहीं बैठे थे, जहाँ पहले बैठे थे। आगे जाने की हिम्मत उसकी नहीं हुई, वह भी पिता के बाजू में बैठ गया। कमरे से बच्चे के रोने की आवाज

लगातार आ रही थी।

'दाई अम्मा का तजुरबा कमाल का है... घर में ही सब काम निबटा देती है, उसे कोई लालच भी नहीं है, लड़की में तो जितना भी दे दो हाथ चढ़ाकर, खुशी-खुशी ले लेती है, हां लड़का होने पर थोड़ा मान करती है....अच्छा है उसका हक्क भी बनता है।' बीड़ी पीता हुआ छगनू बोला।

सुंदर चुप रहा, बेचारा कहता भी तो क्या कहता, दाई अम्मा कमरे से बाहर निकल कर ओसारे में आ गई थी..दोनों खड़े हो गये थे...क्या हुआ ?? छगनू की उत्सुकता चरम पर थी।

दाई अम्मा कुछ नहीं बोली।

लड़का है या लड़की ??

न लड़का, न लड़की ?? वह तनिक ठिठकते हुई बोली।

मतलब ?? सुंदर ने पूछा

'छक्का जनों है छक्का........तेरी मेहरारू ने।'

पिता-पुत्र एक दूसरे का मुँह ऐसे ताक रहे थे, जैसे वे बोलना ही भूल गये हों। देववती भी कमरे से निकल कर ओसारे में आकर खड़ी हो गई थी।

बच्चा लगातार रोये जा रहा था। बाहर पिल्ले की पूंछ से खेल रहे गांव के नाक सुड़कते बच्चे नीचे सरक रही चड्डी को पेट की ओर खिसकाते हुये द्वार में जमा हो गये थे।

'अब का होई सुंदर की अम्मा !! कौन जनम के पाप की सज़ा आज मिली है, अब गांव-टोला में रहन न मिली। जात-विरादरी से हुक्का-पानी सब बन्द होई जाएगा..कल तक गांव-मेड़ा में खबर फैल जैहै। हिजड़ा सुने जरूर रहे थे, परन्तु ये मालुम नहीं रहा कि मोरे घरबा में पैदाइश होई। 'यह कहता हुआ छगनू धम्म से कपार पकड़े वहीं पर बैठ गया।'
'कोई न कोई गली जरूर निकल है...ऐसे कपार पिटबे ते कछू नहीं होई।'

सप्ताह से अधिक का समय बीत गया था, गांव-देस की रस्मो-रिवाज़ के उपरांत केतकी बाहर-भीतर उठने-बैठने लगी थी। गांव वालों के लिए बढ़िया तमाशा मिल गया था, उठते-बैठते हर किसी की जुवान में छगनू के घर का जिक्र होता था, लोगों की समझाइस भी आनी शुरू हो गई थी कि...'जोड़ा बना रहेगा तो फिर से सन्तान होगी, जितना जल्दी हो सके इसे हिजडों के बीच में छोड़ दिया जाये, ये गांव-देहात की बात है, शहर-कस्बा होता तो वे जबरदस्ती उठा ले जाते...आदि-आदि। बात फैलते-फैलते जात विरादरी, रिस्तेदारी तक पहुँच गई...सभी ने बच्चे को हिजडों को सौंप देने का दबाव छगनू पर बनाया, इतना ही नहीं....ऐसा न करने पर उसे जाति विरादरी से अलग करने की धमकी दी गयी, रोज –रोज की बातों से तंग आकर छगनू ने आपस में मशविरा किया.....

'मेरी बात मानो तो इस बच्चे को हिजड़ो को देने में अब देरी नहीं करनी चाहिये...सुंदर की अम्मा तुम क्या कहती हो ??'

'अब यही ठीक रहेगा।'

'सुंदर तुम ??'

'मेरी भी समझ यही है दददू।'

'तो ठीक है, कल सुबह खामडीह जाओ और बच्चा उनके बीच छोड़कर आओ।'

केतकी अपने कमरे बैठी पूरी बातचीत सुन रही थी...उसे रहा नहीं गया वह सब के बीच आ कर बोली.....

'आप लोग चाहे जो करो...मैं 'मंगला' को किसी और को नहीं दे सकती।'

'मंगला !! कौन मंगला ??' अचकचाकर सुंदर की मां बहू का मुँह ताकती हुई बोली।

'आपकी पोती का नाम मंगला रक्खी हूं... मंगलवार को हुई है न।'

'केतकी !!! तुम्हे दददू और अम्मा की बात नहीं माननी तो मत मान... मै जहर ख़ाकर जान दे दूँगा।' सुंदर चिल्ला कर बोला।

केतकी कमरे में वापस चली गई थी...घर में तनाव का आलम व्याप्त था, गहराई हुई शाम रात में तब्दील हो गई..लेकिन घर में तनाव के आलम में रत्ती भर कमी नहीं आई। रात का भोजन भी नहीं बना था। सुबह के इंतज़ार में सब अपने-अपने बिस्तरों में दुबक गये थे। सुंदर आज कमरे में सोने नहीं गया था। केतकी जग रही थी...स्तनों से मुँह लगाये मंगला सो रही थी...उसने घर छोड़ने का निर्णय मन ही मन ले लिया था। सुंदर अभी जवान है, दूसरी शादी कर लेगा, मेरी जगह दूसरी आ जायेगी...धीरे-धीरे मुझे भुला दिया जायेगा। वह बिस्तर से बे-आहट उठी और बजरंगवली की फोटो के सामने हाथ जोड़कर मन ही मन कहने लगी....हे बजरंगवली !! आपकी कृपा-प्रसाद से मंगला मुझे मिली है, इसे मैं हिजडों को कैसे दे दूँ ....नहीं... नहीं.....मेरे जीते-जी यह नहीं हो सकता। जब तक आप साथ में है, पूरी दुनिया से मैं मंगला के लिए अकेले लड़ जाऊँगी....वह तस्वीर को दीवार से उतारकर झोले में रख लेती है और घर के पिछले दरवाजे से, बच्चे को सम्हाले हुये, अँधेरे में अदृश्य हो जाती है।

'यू भगवान दास है ??' एडमिट कार्ड के साथ संलग्न दवा पर्ची को पढ़ती हुई ड्यूटी नर्स ने पूछा।

'हां !!'

'साथ कौन है ??'

'को...ई नहीं ?? अस्पताल के मेडिसिन वार्ड में भर्ती भगवान दास मकड़ी के जालों से एक चौथाई भाग में ढंकी हुई अस्पताल की छत को घूरते हुये शरीर में मौजूद पूरी ताकत का इस्तेमाल करते हुये जबाब दिये थे।

'ओये मेडीसिन मार्किट से लेना मांगता है....किसी को कॉल करो....कोई फ्रेंड रिलेटिव या अदर पर्सन, ...ओक्के।'

'आप बोलता क्यों नहीं, किसी का कोई कॉन्टेक्ट नम्बर हो तो ... नर्स उनकी नब्ज़ टटोलती हुई बोली।

भगवान दास जबाव देने से पहले ही पुनः बेहोश हो गये थे।

ड्यूटी नर्स अल्वा डिसूजा दूसरे मरीजों के पास आ गई थी, सबकी पर्ची से खरीदी गई दवाइयों का पर्ची से मिलान करती हुई, इस्तेमाल की तरीके, खाने के समय बताती हुई आगे को बढ़ रही थी...जिन मरीजों को ड्रिप चढ़ी थी उनके अटेंडर को 'वॉच इट्स' की सलाह देकर अपने केबिन की घुमावदार कुर्सी में बैठकर मोबाइल में आये मेसेज चेक करने लगी...एक मैसेज पर उसकी निगाहें ठहर गई....उसमें लिखा था...'जल्द आओ न प्लीज़ !! मौसम आज बेहद सर्द है।' वह हौले से मुस्कुराई, और एक उचटती हुई निगाह वॉर्ड में भर्ती मरीजों की तरफ डालती हुई बढ़ गई नाइट ड्यूटी डॉक्टर के रूम की तरफ......

'क्या बात है कुछ परेशान लग रही हो'...डॉक्टर उसे खींचकर पलंग में बैठाता हुआ बोला।

'कुछ खास नहीं..बट एक ओल्ड ऐज का पेसेंट आया है, बेड नम्बर फोर्टी में है..ब्रेन में चोट है....साथ आया लोग एडमिट देकर भाग गया है, उसे एक्स-रे और सीटी स्कैन एडवाइज किया गया है...कुछ इंजेक्शन और टैब भी प्रिस्क्राइब है, जो मार्किट से लेना बनता है...इदर के स्टॉक में निल है।

'तुम्हें तो पता है यहां की मशीनें जंग खाये बैठी हैं...सरकार मशीनें तो देती है, लेकिन ड्राइवर नहीं देती..मेडिसिन की तो पूछो नहीं...कभी कुछ जरूरत से ज्यादा भेज देते हैं, कुछ आती ही नहीं।'

'प्रॉब्लम मेन ये है कि उसके साथ में कोई अटेंडेंट नाही, जिससे सिचुएशन शेअर की जाये एंड पेसेंट अनकॉन्सेस है।'

'टेंशन मत लो ये सरकारी अस्पताल है..इधर ऐसे ही चलता है...और चलता रहेगा।' डॉक्टर नर्स को अपने तरफ खींचता हुआ बोला।'

'नो..नो..आज मूड नईं।' वह अपने को अलग करती हुई बोली।

'इमोशनल होने की जरूरत नहीं'...डॉक्टर अपनी जगह से उठा और लाइट का स्विच ऑफ कर दिया।

वार्ड से किसी के कराहने तो किसी के खाँसने की आवाजें कभी तेज, कभी मद्धिम, कमरे तक आ रहीं थी, लेकिन कमरे में उठती गिरती आवाजें दीवारों और बन्द दरवाज़े से टकराकर स्वमेव शांत हो जाती थीं।

मेडिसिन वार्ड के बेड नम्बर चालीस में भर्ती मरीज पचहत्तर वर्षीय भगवान दास मूलतः झांसी ज़िले के रहने वाले थे, वे पहले पुलिस विभाग में जीप चालक थे, फिर उन्हें सतना जिले में चालित किसी सीमेंट फैक्ट्री में जीप चलाने का काम मिल गया था। फैक्ट्री प्रबंधन से उन्हें शहर में निवासित स्टाफ को सुबह प्रतिदिन शहर से कार्य स्थल तक लाने फिर शाम की वापस घर पहुचाने की ड्यूटी मिली हुई थी। वहाँ पर उन्होंने पाँच साल तक ड्राइवरी की, फिर स्वास्थ्य कारणों से वे जीप चलाने का काम छोड़ दिये थे। इस बीच जिस जगह पर वे किराये के मकान में रह रहे थे, पास पड़ोस के लोगों से घनिष्ठता हो गई। मकान मालिक राजस्व मोहकमे में क्लर्क थे, वे

दूसरी जगह पर बने नये घर में परिवार के साथ रहते थे। वे महीने के पहले हफ्ते में सिर्फ किराया वसूलने ही इधर को आते थे, बीच में उनकी आमद शायद इत्तिफ़ाकन हुई हो।

भगवानदास बड़े नेक दिल इंसान के बतौर आस-पास जाने जाते थे, हर किसी के सुख-दुख में शामिल-शरीक होना उनके स्वभाव में था, इसी कारण से मुहल्ले में उनकी खास पहचान बन गई थी..उनके हम उम्र बुजुर्ग तक उन्हें दद्दा कह कर बुलाते थे, उनका नाम कोई नहीं लेता था, उनकी पत्नी भी बड़ी मिलनसार महिला थी...गोरे रंग के ऊपर पीले रंग की साड़ी उनके ऊपर खूब फबती थी, दो तोले का मंगलसूत्र हमेशा गले में लटकता रहता था...जब किसी के घर शादी ब्याह में उन्हें जाना होता तब वे मंहगी साड़ी के ऊपर आधे सिर को ढ़ंकती हुई जरीदार साल ओढ़ कर जाती थीं, और आभूषणों की बात क्या करें... सब कुछ तो था उनके पास, पांव से लेकर सर तक के गहने...निखालिस सोने-चांदी के बने। नौजवां महिलायें अक्सर पीठ पीछे 'बूढ़ी घोड़ी लाल लगाम' कहकर उनकी हँसी भी उड़ाया करती थीं। लेकिन यह मान लेने में किसी को कतई गुरेज नहीं होना चाहिए कि वे जवानी के दिनों में बेहद खूबसूरत महिला रही होंगी, अगर उस जमाने में राज्य सुंदरी जैसी कोई प्रतियोगिता होती तो वे अब्बल आतीं। 'खंडहर देखकर इमारत की पिछली हालत का अनुमान सहज ही हो जाता है।'

दिन हँसी-खुशी में कट रहे थे कि अचानक वक्त ने बायीं करवट बदली, उनकी पत्नी का अचानक निधन हो गया...हुआ यूं कि वे बाथ रूम की चिकनी टाइल्स में फिसलकर गिर गईं, सिर में लगी चोट मौत का पैगाम लेकर आई, उन्हें ब्रेन हेमरेज हुआ था, हफ्ते भर मौत से लड़ते-लड़ते आखिरकार पराजित हो गईं।

पत्नी की मौत के बाद दद्दा जी नितांत अकेले हो गये थे....जब कि उनके दो बेटे और, तीन बेटियाँ थी, सब की अच्छी भली घर गृहस्थी थी, लेकिन वे किसी के पास गये नहीं किराये का कमरा छोड़कर....जबकि पत्नी के देहावसान के समय सभी आये थे और दद्दा से साथ चलकर रहने का

अनुरोध भी किये थे....उनके अनुसार बेटियों के घर में पानी तक पीना भी गुनाह होता है..रही बात लड़को की तो बड़ा लड़का भोपाल जैसे शहर में क्लीनिक चलाता है, पहले सरकारी अस्पताल में डॉक्टर था, कुछ साल नौकरी करने के बाद क्लीनिक चलाता है, उसकी पत्नी भी डॉक्टर है, दोनों ही क्लीनिक में मरीज देखते हैं....ये शादी बतौर 'लव मैरिज' गैर विरादरी की लड़की से हुई थी, इसलिए दद्दा जी बड़े लड़के से भीतरी तौर से नाखुश रहते थे...उनकी पत्नी ने तो कभी बहू का दर्जा उसे दी ही नहीं।

छोटा बेटा छतरपुर में शिप्ट है, बीवी-बच्चो की परवरिश में लगा रहता है, उसकी पत्नी सरकारी स्कूल में मास्टरनी है, उसकी भी दाल-रोटी ठीक ही चल रही है।

दो साल पहले होली के टाइम में उन्हें कड़क बुखार आया था, चलने-फिरने तक कि ताकत ले गया, लेकिन मुहल्लेवालों की मुसल्सल देख-रेख के बदौलत वे पखवाड़े के अंदर पुनः चंगे हो गये। समय गुजरता गया, लेकिन दद्दा किराये के कमरे को छोड़कर कहीं नहीं गये। एक दिन मुहल्ले की दो औरतें उनके बारे में बातें कर रहीं थी...दद्दा अचानक वहीं से निकले और कुछ शब्द उनके कानो में पड़ गये... अरे!! ई बुढ़वा कम नाहीं आय... बेटा-बहू लिबाने आये रहे पर गयो नाहीं...मरत के बखत मुहल्ले के लोगन के कंधा में चढ़ के जैहै।'

खुद्दार दद्दा को उनकी बातें कलेजे को कचोट गई थी...वे तय कर चुके थे कि कल सूर्य देव से मुलाकात किसी और जगह करूँगा, अल भुनसारा इस जगह को अलबिदा कह जाऊँगा.... वैसे भी बड़के के यहां नाती का जन्म दिन है, पूरे परिवार को बुलाया है, सब लोगों से एक मुलाकात और हो जायेगी।....उनके गहने जेवरात भी लड़के-लड़कियों के बीच बाँट देने का अच्छा मौका रहेगा...इन्हें अब पास में रखने से दुःख ही तो मिल रहा है।

पूरी बस्ती नींद के आगोश में थी, सभी के सपने आंखे चूमकर आ-जा रहे थे...लेकिन दद्दा के पास सपने क्यूँ आते... मतलबी कहीं के जब तक वो थीं तब तक बगैर नागा किये आते रहे..अब क्यों आयें ?? किसके पास

आयें?? वे चतुर सयाने सपने है, सब जानते हैं कि दद्दा बेजान है, जान तो पत्नी साथ में ले गई है, अब ये माटी का बूढ़ा तन बचा है, कितनी बरसात झेल पायेगा।

एक सन्दूकची में वे कपड़े और पत्नी के जेवरात रख रहे थे, सबसे नीचे धानी कलर की साड़ी रखे, जो उन्हें बहुत पसंद थी...अक्सर बड़े मौके या तीज-त्योहारों में उसे पहनतीं थीं....यह साड़ी उनके लिये जिंदगी के दस्तावेज़ की तरह थी...सन्दूकची में रखते हुये बार-बार आँसुओ को पोंछ रहे थे.... फिर गहनों की पोटली रखी...इस बार उनका रहा-सहा धीरज का पुल टूट गया था...फफककर रो पड़े थे दद्दा, दीवारों से सर लगाकर....किसी तरह स्वयं को संयत किये और सबसे ऊपर दो जोड़ी कुर्ता पायजामा जमा दिये...बस्स इतना सा सामान... अचानक उनकी नज़र दीवाल की तरफ गई..... 'अरे ये तो रह गई...ये दद्दा के साथ उनकी तस्वीर थी...दोनों मुस्कुरा रहे थे तस्वीर में....उसे उतारने को वे आगे बढ़े...उतार कर हाथ से पकड़ भी लिये... लेकिन स्वयं को सम्हाल नहीं सके...वह कोई मामूली तस्वीर नहीं थी...दो जिस्म और एक जान की बहुत बड़ी जागीर थी, दद्दा क्या....शायद पूरा परिवार मिलकर भी इस जागीर को सम्हालने के काबिल नहीं था....दद्दा का सर दीवार से तेज आवाज के साथ टकराया था, वे नंगी फर्श पर फैल गये थे...तस्वीर हाथ से छिटकर दूर जा गिरी थी...तस्वीर में लगा हुआ सफेद कांच फर्स में...किरचा...किरचा विखर गया था।

सुबह का सूरज धरती में धूप परस गया, दोपहरी मध्यान्ह भोजन की थाल परोस आयी फिर सज सँवर कर संध्या रानी सिन्दूरी चूनर ओढ़े आसमान से गिरि, वन, उपवन, मैदानों की सैर करती हुई देहरी तक पहुँच गई...सभी के घर, दुकानें सड़क तक दूधिया रौशनी में नहा गये थे। लेकिन दद्दा के संज्ञान में कुछ नहीं...उन्हें होश आता रहा...जाता रहा...उठकर खड़े होने की उनकी सारी कोशिशें निष्फल होती रही। एक ऑटो वाला जो थोड़ी दूर पर रहता था, उसके घर जाने का रास्ता यहीं से गुजरता था...

उसने मार्क किया कि दद्दा का द्वार सुबह भी बन्द दिखा, दोपहर जब खाने को घर लौटा था तब भी बन्द और अब रात के आठ बजे भी...उसे शक हुआ...ऑटो किनारे लगाकर उसने बन्द खिड़की के रन्ध्र से भीतर झांकने की कोशिश की..अंदर घुप्प अंधेरे में भला उसे क्या दिखता, अलबत्ता भीतर से किसी के रह-रहकर कराहने की आवाज जरूर उसके कानों से टकराई...वह किसी अनहोनी की आशंका से डर गया था...उसने पूरी बात पास पड़ोस के लोगों में जाहिर की...आठ-दस हिम्मती लोग साथ आ गये थे...बाकी घर के भीतर दुबक गये थे....बार-बार आवाज लगाने के बावजूद भी जब भीतर से प्रत्युत्तर नहीं मिला तब द्वार तोड़कर भीतर जाने का निर्णय लिया गया..दरबाजा तोड़कर कुछ लोग भीतर गये...बिजली चालू की...दद्दा एक कोने में पड़े कराह रहे थे...तस्वीर का टूटा कांच कमरे में फैला हुआ था...एक किनारे सन्दूकची पड़ी थी। ये सकुन की बात रही कि वे नीम बेहोशी की हालत में रहे...इशारे से पानी माँगकर पिये थे।

इसी ऑटो वाले की मदद से मुहल्ले के दो लोग रात के दस बजे अस्पताल में एडमिट करके घर लौट आये थे।

ड्यूटी नर्स डिसूजा डॉक्टर रूम से आकर नर्सिंग केबिन में बैठी ऊँघ रही थी, उसे नींद आ रही थी...वह घूमती हुई कुर्सी से दायीं ओर घूमी और टेबल पर रखे थर्मस से चाय लेकर धीरे-धीरे सीप करने लगी...यह डॉक्टर मुझसे बहुत लव करता है...मैं भी कम नहीं ....अब मेरिज कर लेना करेक्ट होगा...मेरे इदर तो कोई प्रॉब्लम नईं...उसी के तरफ का पैरेंट्स कुछ ओल्ड थाट का है...बट, डॉक्टर सब हैंडिल कर लेगा...वो हर्टली लव करता है मुझसे।

वह स्वयं से बात करती हुई चाय की चुस्कियां लेती रही...गर्म चाय ने असर दिखाया...शरीर का आलस्य काफूर हो गया था, चेहरे में ताज़गी और गले में तरावट आ गई थी...आंखे अन्य को देखने में सक्षम लग रही थी। वह कुर्सी से इस लिहाज से उठी कि एक बार और मरीजों का हाल-चाल पूछ लिया जाए फिर कुर्सी में ही दो चार झपकी मार ली जायेगी....वह एक-एक

बेड के पास से होती हुई आगे बढ़ रही थी ...जब वह बेड नम्बर चालीस के नजदीक आयी तो एक अज्ञात भय से सिहर उठी...उसने हाथ बढ़ाकर मरीज की नब्ज टटोली....दद्दा शांत हो चुके थे....उसने कलाई घड़ी में नज़र डाली....रात के दो बजे से आगे कांटे गतिमान थे.....उसने चादर खींचकर सर ढँक दिया और वह घबराई हुई डॉक्टर के कमरे की तरफ तेजी से बढ़ गयी थी।

'डॉक्टर !! डॉक्टर...ही इज़ नो मोर...वो बुढ़ा सायलेंट हो गया..बेड नम्बर फोर्टी का।' नर्स घबराई हुई बोली।

रिलेक्स..रिलेक्स!! व्हाट कैन वी डू... सुबह बड़े डॉक्टर आयेंगे ...वो डिसीजन लेंगे....अपनी ड्यूटी सिक्स ओ क्लॉक मॉर्निंग तक की है....मेरे साथ कमरे में रहो... अकेले में डर रही हो न।'

वह रूम में ही डॉक्टर के साथ सुबह के इंतज़ार में ठहर गई थी।

सुबह के आठ बजे थे... वार्ड के इंचार्ज डॉक्टर राउंड में आ गये थे...दद्दा के मृत्यु की सूचना उन्हें मिल गयी थी..शव को मच्युरी में भेजने का ऑर्डर देकर वे भी बाहर निकल कर गैलरी में आ गये थे...तब किसी ने पीछे से आवाज दी...जानी-पहचानी आवाज़ सुनकर वे पीछे को घूमे...अपने पुराने डॉक्टर मित्र से मिलकर वे बहुत खुश हुये।

'इधर कैसे ??'

आज बारह बजे से एक सेमिनार अटेंड करना है...मुझे 'ओल्ड ऐज मेंस एंड देयर प्रॉब्लम' पर लेक्चर देने को बुलाया गया है...अर्ली मॉर्निंग ट्रेन से आ गया था...सोचा तुमसे मिलता चलूं। हाथ मिलाता हुआ आगन्तुक डॉ. बोला।

इधर-उधर की फॉर्मल बातें.. कुशल-क्षेम का आदान-प्रदान चल ही रहा था कि वार्ड से जूनियर डॉक्टर आकर बोला....

'सर !! बॉडी को पी.एम. रूम में रखने को बोल दिया हूँ... लेकिन ..

'लेकिन-वेकिन कुछ नहीं, सिर्फ तुम अपना काम देखो...अभी पुलिस आयेगी वो बाकी का काम देखेगी।'

'ओके सर !!' वह वार्ड में पुनः दाखिल हो गया था।

'कोई प्रॉब्लम है ??' आगन्तुक डॉक्टर ने पूछा।

'नहीं...कोई बुढ़ा रात में मर गया है...लावारिस है।'

'ओह !! कोई शिनाख्त??'

नहीं एडमिट कराने वाले रात में ही उसे छोड़कर चले गये हैं...किसी का कोई कॉन्टेक्ट नम्बर नहीं है...जेब खाली है, कोई कागज चुटका भी नहीं है...कैसे शिनाख्त होगी....बस बायें हाथ में गुदने से 'भगवान दास' लिखा है....इतने भर से कैसे काम चलेगा।

'मुझे बॉडी देखनी है।'

वह डॉक्टर के साथ बेड नम्बर चालीस के समीप आकर खड़ा हो गया, डॉक्टर के इशारे पर नर्स ने ज्यों ही सर से चादर हटाया...वह चीख उठा था।

'तुम इसे जानते हो ?? डॉक्टर ने पूछा

'हां !! ये मेरे दोस्त के फादर है, वह मेरा पड़ोसी है...मै बॉडी साथ ले जाऊँगा, ये लावारिस नहीं है। वह बड़ी सफाई से झूठ तो बोल गया था, लेकिन माथे में चुहचुहा आई पसीने की बूंदें और मुँह से निकली अकस्मात चीख दोनों के बीच रक्त का सम्बंध होने की तरफ संकेत कर रही थी।

पंडित किस्सूलाल

किस्सागंज कस्बा कभी पहाड़ी के ढ़लान का पथरीला भाग था...इसका नाम किस्सागंज यूँ ही नहीं पड़ा है... अंग्रेजी हुकूमत के समय मुल्क का अधिकतर भाग राजाओं की देख रेख में चल रहा था। उस समय के रसिक मिजाज राजाओं के पास तरह- तरह के शौक थे...दरबार सजती थी... गायन होता था, नृत्य होता था, तर्क-कुतर्क होता था। संसाधन भी विविध थे...हर विधा के मजे हुए, सिद्धहस्त फनकार थे... संगीत की शास्त्रीय स्वर लहरी पर जन्नत की सैर कराने वाली नृत्यांगनाएं थी, अपनी बातों से हंसाने वाले विदूषक थे, हर प्रकार के वेष बदलने वाले बहुरूपिये थे, अंकगणित, ज्योतिष खगोलशास्त्र के जानकार, महा पण्डित, शक्ल देखते ही रोग बताने वाले राजवैद्य....आसमान को देखकर भूत और भविष्य बताने वाले नजूमी, ज्ञानी राजपुरोहित के साथ और भी कई हुनरमंद राजसी दरबार के खासमखास होते थे....इन सभी नायाब रत्नों के बीच एक और जगमगाते नगीना थे पण्डित किस्सू लाल तिवारी, इनकी भी जीवनी किसी रोचक कथा से कम नहीं है। ये पहले किले के मुख्य प्रवेश द्वार के प्रहरी थे, अक्सर ये रात को रायफल उठाये ड्यूटी दिया करते थे, साथ ही अपनी आदत और विनोदी स्वभाव अनुसार रतजगे प्रहरियों का तरह-तरह के किस्से सुनाकर मनोरंजन भी किया करते थे, उन्हें अलिफ-लैला, लैला-मजनू, हातिम ताई....गुलवकावली के फूल, गधा पचीसी, सिंहासन बत्तीसी, बैताल पचीसी, परी और राजा की प्रेम कहानी के अलावा भूत-प्रेत डायन-चुड़ैल के अनगिनत किस्से कंठस्थ थे...गौर तलब है कि वे अक्षर तक पहचान नहीं सकते थे। सबसे बड़ी खासियत उनमें ये थी कि जब जैसा प्रसंग होता था, तब तैसा ही सम्प्रेषण शरीर की लचक, वाणी में उतार-चढ़ाव और चेहरे के हाव-भाव से देते थे..अद्भुत उतार-चढ़ाव और मुरकियों के साथ किस्से कहने का हुनर भगवान ने उन्हें दिया था..वे सम्पूर्णता के साथ किस्से कहते थे। किस्से कहते-कहते करुण प्रसंग पर वे स्वयं रो पड़ते थे...ओज के प्रसंग

पर रायफल तान लेते थे....मुट्ठियाँ तान लेते थे....सुनने वालों का बर्ताव भी उनसे जुदा नहीं होता था..वे सभी कथा के जीवंत किरदार हो जाते थे।

ऐसा ही वाकया एक रात नमूदार हुआ...पण्डित किस्सू लाल उस रात रामायण पर किस्सागोई कर रहे थे, प्रसंग था रावण के वध पश्चात महारानी मंदोदरी का प्रलाप...इतनी मार्मिक और इतनी कारुणिक कथा कहे कि सबकी आंखों में अश्रु-घन उमड़ आये...आँसुओ की बरसात शुरू हो गई, पण्डित किस्सू लाल का कण्ठ अवरुद्ध हो गया....सिर्फ गों..गों की ध्वनि वातायन में गूंज रही थी...श्रोता प्रहरियों का अजब हाल था... कुछ प्रहरी धीरे से रो रहे थे...कुछ सुबक रहे थे, कुछ हिचकियां ले रहे थे...कुछ रोते-रोते चिल्लाने लगे थे...जैसे वे स्वयं सब विधुर-विधवा हो गये हों....रुदन की तेज ध्वनि राजा के कानों तक पहुँच गई। उनकी नींद खुल गई...वे चिंतित हो उठे...सबब जानने के निस्बत वे शयनकक्ष से फौरन बाहर निकल आये।

'तूम लोग रो क्यों रहे हो?? राजा बहादुर ने पूछा।

कोई जवाब नहीं...उनकी बातों पर किसी का ध्यान गया ही नहीं, तब राजा बहादुर डपट कर बोले....'चोप्प !! बन्द करो रोना-धोना और तत्काल बताओ तुम लोगों पर कौन सा विपत्ति का पहाड़ टूट पड़ा है कि एक साथ रोये जा रहे हो ??

राजा की तेज आवाज सुनकर प्रहरी कथाजाल के महा बन्धन से मुक्त हुये और उन्हें वर्तमान का भान हुआ.... राजा बहादुर को सामने देख वे डर से थर-थर कांपने लगे, स्थिति की विकरालता को भाँपकर सहृदय पण्डित किस्सू लाल सर्व रक्षार्थ राजा से विनयवत हुये....

'महाराज !! इनकी कोई गलती नहीं है, सारा कसूर सेवक का है... लंकापति रावण की मृत्यु पश्चात मंदोदरी के दुःख पर रौशनी डाल रहा था कि...हम सब लोग रो पड़े।'

'ओह !! तो ये बात है...कल तुम दरबार में अपनी बात कहना।'

इतना कहकर राजा वापस हो गये थे, पण्डित किस्सूलाल रात भर भयभीत रहे, किसी तरह से सबेरा हुआ, दिन के दस बजे से दरबार बैठी...डरे-डरे पण्डित किस्सू लाल कांपते हुये दरबार में हाज़िर हुये।'

'देखो पण्डित आज तुम अपनी किस्सागोई से सबको वैसे रुला दो जैसे कल रात प्रहरियों को रुलाया था, यदि तुम ऐसा न कर पाये तो समझ लो 'नौकरी गई और कैद की सज़ा बोनस में।' राजा हुज़ूर किस्सूलाल पर नज़र पड़ते ही बोले।

पण्डित किस्सूलाल बाअदब राजा हुज़ूर सहित दरबारियों को गर्दन झुकाकर प्रणाम किये और बोलना शुरू कर दिये....

'हुज़ूर जैसे ही महारानी मंदोदरी ने अपने पति के कटे सिर को देखा वह मूर्छित होकर जमीन पर गिर पड़ी, राक्षस वीर विधवा औरतें विलाप करते हुए महारानी को उठाकर उनके निजी कक्ष में ले गईं...उनके मुँह पर पानी के छींटे मारने की कोशिश हुई, लेकिन ताज़्ज़ुब... पानी छिंटों की शक्ल लेकर उनके मुँह को सिंचित करने स्वर्ण पात्र से निर्गमित नहीं हुआ, वह भी शोक में जड़वत पात्र में ही ठहरा रहा...उनकी मूर्छा तोड़ने के लिये विशाल पर्ण निर्मित डैनाकार पंखों से हवा देने की कोशिश की गई लेकिन व्यर्थ शोकमग्न हवा भी अपना दायित्व भूल गई थी।'

पण्डित किस्सूलाल धाराप्रवाह बोले जा रहे थे...दरबार में अभूतपूर्व खामोशी छा गयी थी....बात-बात पर खाँसने वाले महामंत्री जी की खांसी गायब थी...हर पांच मिनट में छींक का फायर दागने वाले राजबैद्य जी की छींक नाक नीचे 'चुप्पासन' में बैठ गयी थी...सारी सभा खामोश... सिर्फ पण्डित जी के मुँह से निकली वाणी ध्वनित हो रही थी...जैसे मां शारदा स्वयं पण्डित जी के मुँह से आज कथा रस परोस रही हों।

अनेक प्रकार से उपाय किये गये लेकिन महारानी मंदोदरी की बेहोशी नहीं टूटी। इन्हें कुछ देर के लिये अकेला छोड़ दिया जाये.. गहरा सदमा लगा है....विभीषण की पत्नी सरमा ने सुझाव दिया। सरमा के मुँह से ये दो

शब्द निकलते ही चमत्कार हो गया...मंदोदरी उठ गई और सरमा को पूरे ध्
केलते हुई ऐसे गरजी जैसे हज़ारो सिंहनी एक साथ दहाड़ उठी हों....

'मेरी आँखों से ओझल हो जा कलमुँही, कुल-नाशक विभीषण की
पत्नी सरमा !! ...वरना मेरी निगाह पड़ते ही तू राख में तब्दील हो जायेगी।
इसी बीच क्रोध और गम की आंच में शरीर को होम करती हुई मंदोदरी
ने जोर से गर्दन को झटका दिया, काले काले बादलों के मानिंद लंबे घने
केश दिगदिगन्त में विस्तारित हो गये....सुंदर, सुघड़ मोहक मुखड़ा रौद्र हो
गया....आंखे ऐसी रक्ताभ हुई जैसे जेठ दोपहर के दो सूरज पुतलियों में
सकाये बैठे हों...परिणाम स्वरूप दिन के मध्यान्ह में ही सूर्यास्त का भान होने
लगा...पखेरू चहचहाते हुये नीड़ की तरफ लौटने लगे, चारपाये घबराये हुए
से जंगल-मैदान छोड़कर घर की सीध में पूँछ उठाये दौड़ पड़े थे....पण्डित
किस्सू लाल चेहरे के हाव-भाव परिवर्तन और वाणी में सप्त रसों के समिश्रण
से ऐसा विम्ब उपस्थित कर दिये कि राजा हुजूर के साथ सारे सभासद भी
घटित घटना के चश्मदीद हो गये। तभी एक धीर-गम्भीर स्वर गूंजा.....

'वाह.. वाह पण्डित, बहुत खूब, कमाल की किस्सागोई...बस-बस
रहने दो....आगे का वृतांत निश्चित ही रुला देगा। पर बड़े ताज्जुब की बात
है कि पण्डित किस्सूलाल नाम का हीरा मेरे पास था, जिसे हम अब तक
पहचान नहीं सके थे। हम खुश हुये पण्डित हमसे माँग लो... जो भी इच्छा
मन में रखते हो...पूरा किया जायेगा।'

'हुजूर एक छोटी सी कहानी कहना चाहता हूँ... इसी कहानी के भाव
में मेरी इच्छा छिपी है...अनुमति हो तो...।'

'अनुमति है।' राजा बहादुर उत्तर दिशा की तरफ हाथ उठाकर बोले।

अनुमति पाकर विनम्र भाव से करबद्ध हो पण्डित किस्सूलाल कहानी
कहना शुरू किये....

'एक वृद्ध वय का आदमी बेहोश होकर गिर पड़ा, उसे अस्पताल में
भर्ती कराया गया तो डॉक्टर ने उसे २४ घंटो तक आक्सीजन में रखा, दूसरे

दिन जब उसे होश आया तो डॉक्टर ने उसे पचास हजार रुपये का बिल उसके हाथ में थमा दिया, जिसे देखकर वह वृद्ध आदमी जोर-जोर से रोने लगा। यह देखकर डाक्टर ने कहा.... 'इसमे रोने वाली बात नहीं है अगर आपके पास अभी इतने पैसे नहीं हैं तो आप धीरे-धीरे करके दे दीजिएगा।'

तब उस आदमी ने कहा कि डॉक्टर साहब !! मैं यह बिल देखकर नहीं रो रहा हूँ, मैं तो इसलिए रो रहा हूँ कि मैंने चौबीस घण्टे आपकी आक्सीजन का इस्तेमाल किया तो आपने पचास हजार का बिल बना दिया तो जिस ईश्वर से अब तक मैं आक्सीजन ले रहा हूँ अगर उसका हिसाब मुझे देना पड़ जाये तो मैं क्या करूँगा??'

'कहने का आशय क्या है पण्डित तुम्हारा...साफ-साफ बताओ।' राजा बहादुर ने पूछा।

'हुजूर !! भगवान कृष्ण ने गीता के उपदेश में अर्जुन से कहा है... 'मनुष्यों में राजा मैं ही हूँ.... आप मेरे भगवान है, जल, वायु और अन्न आपका ही ख़ाकर जी रहा हूँ... बहुत बड़ा कर्ज़ है हुजूर मेरे सर...बार-बार जन्म लेकर भी आपका कर्ज़ नहीं उतार पाऊँगा, इसलिए प्रार्थना है कि कुछ और देकर कर्ज़ का बोझ न बढ़ाया जाये... मुझे प्रहरी ही रहने दिया जाये... दरबारी हो जाने से मेरे साथी जो मुझसे किस्सा-कहानी सुनते आ रहे हैं, उदास हो जायेंगे.... लेकिन जब भी हुजूर का हुक्म होगा, बिना समय गंवाये दरबार में हाज़िर हो जाऊँगा।'

'पण्डित तुम वाक़ई हीरा अनमोल रत्न हो....कितने नेक विचार है, तुम्हारे इन विचारों का तहेदिल से आदर करता हूं...तुम्हे हर तरह की डयूटी से मुक्त किया जाता है, तुम्हारा जब मन करे दरबार में आओ, जब मन करे प्रहरी का काम देखो...आज से तुम पर किसी तरह का हुक्म लागू नहीं होगा।'

पण्डित किस्सू लाल आज बहुत प्रसन्न मन से अपरान्ह घर आये...आज उनका सारा बदन प्रसन्न था, खुशी के मारे उनके कदम जमीन

में व्यवस्थित नहीं पड़ रहे थे...घर आते ही पूरा वाक्या पत्नी से एक सांस में कह गये।

सुनकर पण्डिताइन कुछ नहीं बोली, वे तनिक चिंतित हो गईं थी, चिंता की लकीरें माथे पर स्पष्ट दिख रहीं थी।

'क्या बात है पंडिताइन मेरी तरक्की की खबर से तुम खुश नहीं हुईं?? वे पंडिताइन को चिंतित देखकर बोले।

'कौन ऐसी पत्नी है जो अपने पति की तरक्की पर खुश नहीं होगी...मैं भी खुश हूँ... लेकिन वे लोग हमें खुश रहने देंगे ??

'कौन लोग ?? मेरा तो कोई शत्रु है ही नहीं।'

'बहुत भोले हो पण्डित जी !! खुशी की महक जहां तक जाती है, वापसी में ईर्ष्या बटोर कर लाती है...ईर्ष्या से शत्रुता जन्म लेती है। पण्डित जी इस तरह की शत्रुता बड़ी खतरनाक होती है, आप जैसा सरल हृदय व्यक्ति ऐसी शत्रुता को पहचान नहीं सकता है....राज दरबार में बड़े- बड़े घाघ, मायावी, चतुर और ओछी सोच के धूर्त लोग हैं, वे आप जैसे मामूली सिपाही को राज़ दरबार में होना बिल्कुल पसन्द नहीं करेंगे। वे आपको कहीं न कहीं फँसा सकते हैं.... सच कहें तो मुझे आपकी तरक्की से डर लग रहा है।'

'डरो मत पण्डिताइन !! मैं खबरदार रहूँगा।' पण्डित किस्सूलाल पण्डिताइन से होशियार रहने की बात कह तो गये लेकिन उनके मन में भी अज्ञात भय ने घर कर लिया था।

बीच के समय में बहुत कुछ ऊँचा-नीचा पण्डित किस्सूलाल को देखना पड़ा था, लेकिन भगवत कृपा और पण्डिताइन की सूझ-बूझ से हर बार बचाव की राह निकलती रही।

इसी तरह से समय के रथ का पहिया घूमता रहा....पण्डित किस्सूलाल कभी प्रहरियों के साथ बैठकर तो कभी राज़ दरबार में हाज़िर होकर किस्सागोई करते रहे। कालांतर में जब उनकी मृत्यु हुई तो राजसी

विधि विधान से अंतिम क्रिया सम्पन्न हुई। उन्हीं के सम्मान में क़िस्सागंज बसाया गया था। कभी छोटा सा गांव होता था क़िस्सागंज आज कस्बे की शक्ल में विकसित है....कस्बे के मध्य में एक चबूतरा है, यहीं पर पण्डित क़िस्सूलाल जी चिर निद्रा में सोये हुये किस्सा कह रहे है, चबूतरे में लगी हर ईंट किस्सा कह रही है..आसमान तक सर उठाये खड़े वृक्ष आज भी उनके मुँह से निकली हर कथा का श्रवण कर रहें है। इस वर्ष उनकी पचासवीं पुण्य तिथि मनाई जा रही है...देश के कोने-कोने से किस्सागो आकर उन्हें श्रद्धा-सुमन अर्पित करेंगे...मैं भी चल पड़ा हूँ क़िस्सागंज की ओर...आप भी आइये मेरे साथ।

रामानुज 'अनुज'

'लामट बेटा'

'कौन है रे तू !!' सुदर्शन स्वामी घर के बाहर लगे घूरे के ढ़ेर पर दस साल के एक लड़के को देखकर बोले।

लड़का कुछ नहीं बोला वह पीछे फ़टी हुई आस्तीन को ऊपर चढ़ाये हुए कचरे से ढ़ेर से अपने मतलब के कबाड़ छांटकर झोले में भरता रहा।

'अबे बोलता क्यों नहीं ?? मैं तुम्हीं से पूछ रहा हूँ....बहरा है क्या?? या फिर मुँह में जुवान नहीं है??'

'ये साले कबाड़ बीनने के बहाने घर खुला मिल जाये तो हाथ की सफाई दिखाने से भी नहीं चूकते....सुअर की औलाद हरामजादे !! सुदर्शन स्वामी बड़बड़ाते हुये भीतर आने को मुड़े ही थे वह लड़का चिल्लाकर बोला....

'साहब गाली मत दो, मैं चोर नहीं हूं और न सुअर की औलाद हूँ... सुअर से सुअर पैदा होता है, आदमी नहीं, आदमी का जन्म आदमी से होता है...मैं भी आप ही की तरह आदमी के अंश से पैदा हुआ आदमी हूं।'

'हरामखोर !! मुँहजोरी करता है, अभी बताता हूँ।' उसे मारने के लिये वे हाथ में पत्थर उठा लिये थे।

'हां.. हां मारो न...मारो मुझे पत्थर.... फोड़ दो कपार, मेरे मां-बाप नहीं है...अन्यथा, मैं भी तुम्हारे लड़को की तरह स्कूल जाता...सूटबूट पहनकर।

'तेरे मां-बाप नहीं है तो पैदा कैसे हुआ ?? सुदर्शन स्वामी एक पत्थर उसकी ओर उछालते हुये बोले।

'ई.. ई...जैसे तुम ।' वह जीभ दिखाकर घूरे से उतर कर जाने लगा।

'रुक..रुक... अभी मज़ा चखाता हूँ'....वे हाथ में पत्थर उठाये उसे मारने को दौड़ पड़े थे..लड़का तेजी से भाग गया था।

बाहर शोर सुनकर चन्द्रा स्वामी बाहर निकल कर पूछी....क्या है ??
'कुछ नहीं...एक लड़का घूरे में कबाड़ बीन रहा था, उसी को भगाया है।'
'क्यों ???'

'ये साले चोरी करते हैं..मुझे तो लगता है बाहर पड़ा राजू का टिफिन कल यही लड़का या इसका कोई साथी उठा ले गया है।'

'बिल्कुल नया टिफिन था, पिछले सन्डे ही तो मार्किट से तीन सौ में लाई थी।'

दोपहर दो बजे बच्चों को स्कूल लाने-ले जाने वाली वेन आकर बाहर रुकी, अन्य बच्चों के साथ राजू भी नीचे उतरा और घर की तरफ दौड़ गया।

'मम्मी..मम्मी मिल गया..ये देखो, कल स्कूल में छूट गया था, मेम ने आज दिया है।'

'अच्छा !! चलो ठीक हुआ नया टिफिन था...मेरा तो कल से पेट जल रहा था...तुम्हारे पापा नाहक में कबाड़ी लड़के को डांट रहे थे। सब्जी का छिलका डस्ट बीन में रखती हुई चन्द्रा स्वामी खुश होकर बोलीं।

वह पीठ में थैला लटकाये सड़क के दाएं-बायें झांकता हुआ धीरे-धीरे बढ़ रहा, जहां भी उसे कागज के गत्ते, प्लास्टिक के टुकड़े, या लोहे से पीस दिख जाते थे, उसे उठाकर पीठ में लदे थैले पर सटका देता था। उसे मोड़ पर हैंड पम्प दिख गया...प्यास लग आई...' कमबख्त जरूरत भी क्या चीज है, सामने संसाधन देखते ही बढ़ आती है, वह हैंड पम्प तक पहुँच गया था...दो औरतें पहले से ही वहां मौजूद थी, उन्होंने ऊपरी वस्त्र नहीं पहन रखा था, लज्जा बिंदु को वे साड़ी के छोर से ढँके थीं। जो औरत हैंडपम्प ढ़ील रही थी, उसका वस्त्र सरककर शरीर के मध्य में आ अटका, दोनों कुच स्वतंत्र आंदोलित हो रहे थे...ये दृश्य क्षणिक था, उसने तत्काल साड़ी व्यवस्थित कर ली थी।

तभी उस औरत की नज़र उस पर पड़ी जो पात्र में पानी भर रही थी...वो जोर से खीझकर बोली....

'कमबख्त क्या देख रहा है खड़ा-खड़ा।'

'हैंड पम्प की ओर इशारे से उसने प्यास लगी होने का संकेत दिया, जो नाकाफ़ी था, उस औरत ने यथार्थ से कुछ विलग समझा... वह भी वहीं पड़े पत्थर को उठाकर मारने दौड़ी...वह वहां से भी नाशाद होकर द्रुत गति से आगे बढ़ गया।

'देखा तुमने !! कल का लौंडा, अभी से'......जाते-जाते वह इतना ही सुन पाया था।

उसे याद आ रहा था, उसकी माँ जब मरी थी, तब वह चार साल का था। इसी तरह के सूखे उत्तलद्वय से चिपक कर तो वह रोया था.... बहुत रोया था, आंखों का सरोवर रिक्त कर दिया था उसने...उसकी प्यास मर चुकी थी, धूप तेज थी, सर के ऊपर कुछ ज्यादा तपन महसूस हो रही थी, उसे लगा आज सूरज दादा सर ऊपर ही रोटी सेंक रहे हैं...उसने माथे के रास्ते चू आये पसीने को हाथ से पोंछकर सर को हल्का झटका दिया, कुछ बूंदे जमीन में पड़कर धूल की प्यास बुझा गयी थीं। अब वह मुख्य सड़क में आ गया था, थोड़ा आगे सीधा चलने पर एक खाली मैदान फिर मोड़ और मोड़ मुड़ते ही चार कदम आगे, संकरी गली में, कंचू सेठ का कबाड़-स्टॉक...यही तो उसकी मंजिल थी।

वह खाली पड़े मैदान के पास चलते-चलते ठिठक गया...कचरे के ढ़ेर पर आराम से पसरी हुई मादा सुअर बच्चो को दूध पिला रही थी, उसने उंगली गिनकर हिसाब लगा लिया कि बच्चें आठ हैं, मादा बड़े दुलार से उनके पेट की भूख मिटा रही थी...उसे अब बिसरी हुई प्यास के साथ भूख भी लग आई थी...उसे सुअर शिशुओं की तक़दीर से रश्क हो आया था...फिर उसे न जाने क्या सूझा की आकाश की तरफ दोनों हाथ उठाकर जोर से बोला.....'ऊपर आकाश में यदि कोई है तो मेरी गुज़ारिश सुन ले,

अगले जनम में मुझे आदमी की नहीं, सुअर की औलाद बनाना।' अब वह दौड़ पड़ा था...कुछ ही पल में वह कबाड़ की दूकान के सामने आ गया।

'हांफ क्यो रहा है रे !!' देखते ही कंचू सेठ बोला।

कंधे में लटका थैला उतार कर जमीन में रख दिया और वह धम्म से जमीन बैठ गया पर कुछ नहीं बोला, वह अब भी हांफ रहा था..साँसे तेज चल रही थीं, शायद साँसों को सामान्य हो जाने के बाद ही उसे बोलना उचित लगा हो।

'अच्छा !! थैला वजनी था, इसीलिये.... ठीक है थोड़ा सुस्ता ले फिर रोटी खा लेना, डिब्बे में रक्खी है, मैं जुमे की नमाज पढ़कर आता हूँ।' टोपी सम्हालता हुआ कंचू सेठ बाइक की तरफ बढ़ गया था।

कंचू सेठ जा चुका था, लेकिन वह अब भी उसी जगह पर बैठा हुआ था, सांसो की गति सामान्य हो गयी थीं, उसे थोड़ी राहत महसूस हुई... वह आँखे बन्द करके थोड़ा आगे की ओर अब झुक गया था...हल्की सी नींद की आहट पाकर वह जमीन में पसर कर लम्बा हो गया ....तभी कोई अदृश्य शक्ति उसे अतीत की तरफ खींचकर ले गयी, वह साफ देख रहा है कि नदी का किनारा है, लेकिन नदी जल विहीन है...तट में खड़े वृक्ष ठूँठ की शक्ल में भयावह अट्टहास करते हुए उसके मां के जिस्म को एक टक घूर रहे हैं...एक आदमकद सपाट चबूतरे पर उसकी माँ अचेतावस्था में निर्वस्त्र पड़ी है, तन के रंगीन वस्त्र बदरंग हो चीथड़ों की शक्ल में एक काले बदशक्ल ठूँठ की सूखी टहनी पर लटके हुये किसी विशाल पक्षी के डैनो के मानिंद हवा में लहरा रहे हैं...मां के एक पांव की चप्पल सीधी तो दूसरे पांव की उलटी हुई चबूतरे से दूर पड़ी थी और वह उसकी छाती से चिपका हुआ रो रहा है, सामने एक किताब रखी है, जिसमें सिर्फ पांच पृष्ठ हैं, वह स्कूल तो कभी गया नहीं था, लेकिन जिस लिपि में पन्ने लिखे गये है, उसके अक्षरों की स्याही को वह पहचान रहा है, बखूबी पढ़ और समझ भी रहा है।

प्रथम पेज में बड़े-बड़े स्याह अक्षरों से लिखा था...'तुम इंसान की औलाद

हो, लेकिन तुम्हारे जनक का पता तुम्हारी माँ तक को नहीं है..वह तुम्हें कैसे और क्या बताती, वैसे भी जब तुम थोड़ी-बहुत समझने-सुनने लायक हुये तब वह परलोक गमन कर गयी।'

हवा के सरसराहट पाकर दूसरा पृष्ठ सामने आ गया, उसमें लिखा था, 'तुम्हारा जन्म गांव में हुआ है, शहर में तुम्हारी पैदाइश मुमकिन नहीं थी। इसी तरह से पृष्ठ दर पृष्ठ खुलते गये, तीसरे में लिखा था....'यह बताना सम्भव नहीं है कि किसके योग से तुम गर्भ में आये, तुम्हारा वास्तविक पिता कौन है। वे किस मजहब के थे, यह भी बता पाना सम्भव नहीं है। वे इंसान की शक्ल में हिंसक पशु थे...इसलिए उनकी शक्ल की परत तुम्हारे मासूम चेहरे पर चढ़ा कर दुनिया से सामने पेश नहीं किया जा सकता था, इससे एक पवित्र नारी आत्मा का अपमान होता।

इसलिए तुम्हारी शक्ल उनसे जुदा बनाई गई है, तुम्हारा मजहब भी अलग से तज़बीज़ किया गया है, जिसे कालांतर में इंसानियत का महजब कहा जायेगा।

चौथे पेज की इबारत देसज बोली में कुछ यूँ लिखी थी... जिसके पिता के बारे में किसी को कुछ भी जानकारी नहीं होती है, वह सन्तान 'लामट' कहलाती है, इस लिहाज से तुम 'लामट बेटा' हो..तुम्हें यह नाम अगर पसन्द नहीं है तो नाम बदलने की तुम्हें अनुमति है।

पांचवा पृष्ठ रिक्त था, उसमें कुछ नहीं लिखा था...सिर्फ फक्क कागज पर कलम की ओंति का स्पष्ट उभार नज़र आ रहा था। वह कलम की ओर एकटक देख ही रहा था कि उसके कानों में कराहती हुई आवाज़ सुनाई दी ...'उठ बेटा लामट !! कलम उठा, लिख ले मनचाही तकदीर।' यह आवाज़ उसके स्वर्गीय मां की थी।

वह अकबकाकर विद्युत गति से खड़ा हो गया, लेकिन उधर कुछ नहीं, न वो चबूतरा, न वो ठूँठ न नदी...सब कुछ अदृश्य...यहाँ तो उसके और कबाड़ के ढ़ेर के सिवा कुछ नहीं था... वह जोर से चिल्लाया...' हां.. हां.

.. मैं 'लामट हूँ... मेरा नाम 'लामट बेटा' है। यह नाम मैं स्वीकार करता हूँ...मैं अपनी तकदीर स्वयं लिखूँगा, जरूर लिखूंगा, ऐसी तकदीर जो आज तक विधाता ने किसी भी इंसान की नहीं लिखी होगी।

वह चीख-चिल्लाकर बेहोश हो गया था। उसके आस-पास बस्ती-बस्ती कबाड़ बीनने और कंचू चाचा की दूकान में लाकर बेचने वाले कबाड़ी लड़के जमा हो गये थे। कंचू चाचा भी जुमे की नमाज़ अता कर मस्जिद से लौट आये थे...वे उसके मुँह पर पानी के छींटे मारकर होश में लाने की कोशिश कर रहे थे। एक कबाड़ी लड़का अपनी कमीज़ हैंड पम्प के पानी से गीली कर लाया था वह अब उसका मुँह पोंछ रहा था। लेकिन उसकी बेहोशी टूटने का नाम नहीं ले रही थी, उन लोगों ने अपनी सूझ से हर सम्भव उपाय किये लेकिन उसे होश में नहीं ला सके।

'इसे अस्पताल ले जाना ठीक रहेगा।' कबाड़ बीनने वाले लड़के ने सुझाव दिया।

'नहीं..नहीं इसे अस्पताल ले जाना वाज़िब नहीं होगा, पुलिस केस बनेगा..कौन है ?? कहाँ काम करता है ?? कहाँ का रहने वाला है, इसके मां-बाप कौन है ?? सब तो पुलिस पूछेगी।' घबराये हुए कंचू चाचा बोले।

'इसमें छिपाने वाली बात कौन सी है ?? बता देना।'

'और तो ठीक है लेकिन इसके घर का पता, इसके मां-बाप का पता मुझे नहीं मालुम... क्या बताऊँगा पुलिस को।'

'गजब करते हो चाचा ये तुम्हारे पास चार-पाँच साल से है, तुमने इसका ठौर-ठिकाना पता करने की कोशिश नहीं की ??'

'की थी लेकिन किसी ने बताया नहीं... इसे भी कुछ नहीं मालुम, यह तो मुझे नदी के तीर वाले कब्रिस्तान में रोता हुआ मिला था, रहम ख़ाकर इधर काम पर रख लिया।'

'रहम ख़ाकर....वाह चाचा तुम और रहम...क्या बात कहीं है।' बेहोश पड़ा हुआ वह लड़का कुटिल हँसी के साथ जमीन में पड़े-पड़े ही

बोला।

'अरे !! ये तो होश में था, देखा कमीने को.... कैसे सब को बेवकूफ़ बना दिया।' कंचू चाचा पैर की उंगली उसके पेट में गूलते हुये बोले।

'चाचा तुम उमर में मुझसे बहुत बड़े हो, इसलिये तुम्हारी बात का जवाब नहीं दूँगा...पर मैं अब इधर नहीं रहूँगा।' यह कहता हुआ वह सीधा तनकर खड़ा हो गया।

'अच्छा !! बता तो सही किधर को जायेगा ??

वह मेघाच्छदित आकाश की ओर इशारा कर के बोला....'उधर'

'तेरा बाप है क्या उधर ?? देखा साले की अकड़ 'रस्सी खाक हो गई, लेकिन ऐंठन बरक़रार है... हुँह' ... हिकारत भरी नजर ड़ालकर कंचू चाचा बोला।

'उधर मेरा भी बाप है और तुम्हारा भी बाप है चाचा, और इन सबका भी।'

बहुत-बहुत समझाने-बुझाने के बाद भी 'लामट बेटा' रुका नहीं, वह निकल गया था भीड़-भाड़ वाली सड़क की तरफ अपनी हाथों से अपनी मुकद्दर लिखने...........

आखिरी पराजय

प्रोफेसर सिन्हा फॉर्म हाउस के बाहर लगे छोटे से उद्यान में चहल-कदमी कर रहे थे, वे धीरे-धीरे चलकर मुख्य गेट तक जाते, थोड़ा ठहरते, सड़क मार्ग से अपने गंतव्य को जाते हुये पथिको को देखते फिर बोझिल कदमो से लौट आते थे, वापसी में उनके कदमो की चाल आज बदली-बदली सी लग रही थी। उद्यान से बीचों-बीच रखी दो खाली कुर्सियां इस बात की साक्ष्य दे रही थीं कि कोई आने वाला है, जिसका बेसब्री से इंतज़ार प्रोफेसर सिन्हा कर रहे हैं।

'चाय बना लाऊं साब।' केशव ने पूछा।

'रहने दो अभी मन नहीं है....फिर कुछ देर से।'

'क्यों ?? रोज तो इसी टेम पीते थे, दीपा मेम के साथ...आज वो नहीं आई इसलिये बोलते हैं, मन नहीं।'

'ठीक है...ठीक है बना लाओ...तुमसे कौन बहस करे।'

'बहस कर लो साब !! बहस बहुत जरूरी है, छिपी बात बाहर निकल आती है, मन हल्का हो जाता है।' केशव किसी दार्शनिक की तरह बोल गया।

'तुम शायद ठीक कहते हो..आज मैं तुम्हारे साथ बहस करूँगा, इसलिये दो कप चाय ले के आना, एक मेरे लिए और एक अपने लिए, फिर चाय पीते हुये, हम आपस में बहस करेंगे...जो हार जायेगा उसे रात का भोजन बनाना होगा....तैयार हो न।' मुस्कुराते हुए प्रोफेसर सिन्हा बोले।

'शर्त नहीं लगाते साब।'

'डर गये न पराजय से।'

'नहीं साब !! वो बात नहीं है, दरअसल आपको पराजित होते देखना मुझे अब बर्दाश्त नहीं होता है, आप दूसरों की खुशी के लिये हमेशा जानबूझकर पराजित होते आये हैं.. मुझे मालुम है, आदत अनुसार

आज भी पराजय स्वीकार कर लेंगे...कल दीपा मेम से हारे...आज मुझसे हारेंगे...कल किसी और से...क्या फर्क पड़ता है आपको....लोग जीतने के लिये पूरा छल-बल झोंक देते हैं.... एक आप हैं जो अन्य की खुशी खातिर सब कुछ हार देते है, पराजित होने की आपकी आदत जो पड़ गई है। लेकिन अब ऐसा नहीं होने दूँगा।' नम हो चली आंखों को हथेली से मलता हुआ केशव भीतर दाखिल हो गया।

'उँह... इसे पता नहीं है, पराजय में जो आनन्द है वह विजय हासिल करने में नहीं हैं। लेकिन यह समझ में सिर्फ उसी के आता है जो हार वरण करता है। विजय से तो अहंकार पनपने लगता है। मैं किसी से पराजित नहीं हुआ हूँ, बल्कि जीतने में हर किसी की मदद की है.....दीपा मेम से अभी पराजित नहीं हुआ हूं...अभी जंग जारी है..केशव तुम्हें कैसे समझायें, वह भी कमजोर खिलाड़ी नहीं है। उसे भी दूसरों की जीत के लिए पराजय स्वीकार करने की आदत है...अब की बार मुकाबला बहुत कड़ा है, जबरदस्त प्रतिद्वन्दी से भिड़ंत है, इस बार।'

प्रोफेसर सिन्हा पत्नी के निधन के बाद नितांत अकेले हो गये थे, महाकाल की नगरी उज्जयिनी के बीचों- बीच उनकी भव्य कोठी थी। कल-कल-निर्झर- निर्मल, सलिल-प्रवाहिनी पवित्र क्षिप्रा नदी का सुलभ दर्शन कोठी के दालान से नित्य था। महाकाल मंदिर के गुम्बज में बैठे नागदेव का दर्शन भी दालान से सहज सुलभ था, नित्य भोर में होने वाली भस्म आरती के उपरांत जय घोष सुनकर वे महाकाल का स्मरण करते हुये दिनचर्या की शुरूआत करते थे। महाकाल की इस नगरी से उन्हें बेपनाह मुहब्बत थी, प्रथम बार जब भगवान भोलेनाथ के दर्शन को सपत्नीक आये थे तब महाकाल से उनके सानिध्य/शरण में रहने की इच्छा जाहिर की थी...उन्होंने अपनी नगरी में उन्हें रहने की जगह भी दी..सुंदर होनहार दो बालक भी दिये और अच्छी खासी कालेज में नौकरी भी दिये। औघड़दानी से उन्होंने जब भी, जो भी मांगा, उन्होंने सदैव एवमस्तु कहा।

प्रोफेसर सिन्हा की गिनती हिंदी, अंग्रेजी और संस्कृत भाषा के प्रकांड

विद्वानों में से होती थी, वे इन तीनों भाषाओं में पी.एच-डी. थे। लेकिन अपने नाम से पहले उन्होंने डॉक्टर लिखना कभी स्वीकार नहीं किया, उनका मानना था कि डॉक्टर सिर्फ वहीं हैं जो रोग का निदान करते हुए चिकित्सा करते है। अन्य उपाधि के लोगों को नाम से पहले डॉक्टर लिखकर कम शिक्षित जनता को भ्रमित नहीं करना चाहिये। उनके पास शोधार्थी लड़के आया करते थे। बदले में 'किसी से कुछ न चाहिये' के नियम पर अडिग रहने वाले प्रोफेसर सिन्हा हर शोधार्थी के लिए सहज-सुलभ थे। उनके दोनों लड़के सुमित और अमित पढ़ लिखकर डॉक्टर हो गये थे, बड़ा लड़का सुमित रूस चला गया और वहीं गृहस्थी बसा ली....छोटा भी बड़े के नक्शे कदम का अनुसरण करते हुए अमरीकी नागरिक हो गया।

सुमित हमेशा अपनी माँ से कहता...पापा को समझाइये माँ !! यू.एस.ए. आ जायें...आप लोगों के साथ रहना अच्छा लगेगा। इंडिया में जो पैसा महीने भर में मिलता है, पापा एक घण्टे के लेक्चर में कमा लेंगे। इधर इंडियन माइंड की बहुत डिमांड है।

उनकी पत्नी हमेशा यह कहकर टालती रही कि...ठीक है बेटा !! पापा से तुम्हारी बात कहूँगी। लेकिन उन्होंने स्वदेश छोड़कर अमेरिका या रूस में जाकर बसने की बात उनसे कभी नहीं कहीं, उन्हें मालुम था प्रोफेसर सिन्हा महाकाल के चरण छोड़कर कहीं नहीं जाने वाले हैं।

इसी तरह से विद्यार्थियों के सानिध्य में पढ़ाते- पढ़ते हुये प्रोफेसर सिन्हा का समय व्यतीत होता रहा कि अचानक एक रोड एक्सीडेंट ने उनकी सबसे प्रिय वस्तु छीन ली, भयानक बस एक्सीडेंट था, कालेज के अन्य स्टाफ के ओंकारेश्वर दर्शन को वे भी सपत्नीक गये हुए थे, वहाँ से वापसी में यह हादसा हुआ। सिन्हा जी के साथ अन्य सहयात्रियों को भी कमोबेश चोटें आयी थी, लेकिन उनकी पत्नी को लगी चोट जानलेवा साबित हुई। इस घटना के बाद वे भीतर से टूट गये थे, लड़के आये हुये थे, वे साथ चलने की जिद भी किये, लेकिन प्रोफेसर सिन्हा यह कहकर उन्हें निरुत्तर कर दिये कि इधर का सब व्यवस्थित करने के बाद आ जाऊँगा। लेकिन वे

गये नहीं...उनके भीतर चल रहे द्वंद को कोई समझ नहीं पा रहा था, वे स्वयं भी बड़ी उलझन में रहे....अन्तः एक दिन महाकाल नगरी उज्जयनी की कोठी बेचकर वहां से बाइस किलोमीटर दूर भोपाल रोड पर एक फार्म हाउस खरीद कर रहने लगे....वे कालेज की नौकरी से भी इस्तीफा लगा चुके थे.....इधर मिलने-जुलने को कोई दोस्त-यार भी नहीं आते थे, शोध करने वाले विद्यार्थी तो कब का किनारा कर चुके थे। किसी ने बहुत सही कहा है....

'कौन होता है किसी का, कौन आ मिलता गले।

छोड़ देती साथ छाया भी, सदा सूरज ढ़ले।'

लेकिन केशव इस कथन का अपवाद निकला, वह सदैव उनके साथ चल रहा है भोर होने से लेकर रात्रि उनके शयन तक।

'चाय साब।' केशव की आवाज के साथ विचारों की कड़ी टूट गयी।

'हूँ....लाओ' वे केशव के हाथ से कप लेकर चाय पीने लगे।

'केशव।'

'जी साब।

'मेरी समझ में नहीं आ रहा है कि मुझसे ऐसी कौन सी भूल हुई जो महाकाल ने मेरी जिंदगी छीन ली...मुझे भी साथ उठा लेते तो, शायद मुझे कोई दुख न होता...मुझे इधर छटपटाने के लिये क्यों अकेला छोड़ गये हैं??'

'साब !! मुझे तो कभी-कभी लगता है, भोलेनाथ उज्जयिनी छोड़ कर और कहीं चले गये हैं, वे जो होते तो देवी स्वरूपा मालकिन को बचा लेते।'

'तुम ठीक बोल रहे हो...इसीलिये तो वहां की कोठी बेचकर एकांत में इधर आ गये।' चाय का खाली कप केशव के हाथ में पकड़ाते हुये प्रोफेसर सिन्हा बोले।

'मैंने आपकी किताबें सब जमा दी हैं, और कपड़े भी जो वहाँ से साथ लाये थे, अच्छे-अच्छे बहुत से कपड़े तो आप वहीं छोड़ दिये हैं। साब !!

ओ नीला वाला सूट नहीं मिल रहा है, बहुत इधर-उधर देखे, फिर भी।'

'नहीं मन होता केशव !! कुछ भी पहनने-ओढ़ने का और न पढ़ने का...देख लो जो कपड़े तुम्हें ठीक लगें, उठा ले जाओ इस्तेमाल माल कर लेना......मुझे तो यह कुर्ता पाजामा पर्याप्त है।'

'आज रात में क्या बना लें.... सब्जी में गोभी-आलू बना लें ??'

केशव कुछ देर सिन्हा साहब को ताकता हुआ खड़ा रहा कि शायद वे कुछ कहेंगे लेकिन उन्हें खामोश देखकर चाय के जूठे कप उठा कर वह चला गया।

आज से छै माह पहले की बात है, प्रोफेसर सिन्हा उद्यान में चहलकदमी कर रहे थे कि चालीस-पैतालीस साल वय की गौर वर्ण आकर्षक देहयष्टि की एक भद्र महिला उनके फॉर्म हाउस के पास ऑटो-टैक्सी से उतर कर सीधे सिन्हा साहब से पूछ बैठी....

'प्रोफेसर रजत सिन्हा का फॉर्म हाउस यही है ??'

'जी !! यही है।'

'उनसे मिलना चाहती हूँ... क्या वे इस समय मिल सकते है?'

'जी !! रजत सिन्हा मैं ही हूँ... बताइये।'

'अंदर आने को नहीं बोलेंगे सर।'

प्रोफेसर सिन्हा झेंपते हुये आगे बढ़कर गेट खोल दिये..वह भद्र महिला भीतर आते ही हाथ मिलाने की गरज से दाहिना हाथ आगे कर दी थी... प्रत्युत्तर में प्रोफेसर सिन्हा ने दोनों हाथ जोड़ लिये और उसे खाली कुर्सी में बैठने का इशारा कर दिये।

थैंक्स सर !! मेरा नाम दीपा कुलश्रेष्ठ है...एक हफ्ते पहले ही रतलाम डिग्री कॉलेज से ट्रांसफर होकर कन्या महाविद्यालय उज्जैन में ज्वाइन की हूँ... मैंने आपके बारे में बहुत सुना है...कालेज में आते ही मैंने स्टाफ से आपके बारे में पूछा...मुझे जो बताया गया, वह सुनकर मुझे आत्मिक दुःख हुआ है, कॉलेज से ही पता लेकर आपसे मिलने को चली आई।

'मुझसे क्या चाहती है ??'

सीधा-सपाट सवाल सुनकर वो असंयमित हो गई, फिर स्वयं को संयमित करती हुई बोली....'अब शायद कुछ नहीं।'

'साफ-साफ बताइये।'

'जी !! दरअसल आपके अंडर में पी.एच.डी. करना चाहती थी..पर आप कालेज छोड़ चुके है।'

'कोई बात नहीं, पी.एच.डी. हो जायेगी... मेरे कई मित्र हैं, मैं किसी को भी बोल सकता हूँ, आप कहें तो।'

'जी ठीक है, लेकिन बीच-बीच में यदि आपसे गाइडेंस मिल जाता तो....

'ओके।'

औपचारिक बात-चीत और चाय-कॉफी के बाद वह उठकर चली गई थी, लेकिन अपनी घण्टे भर की मौजूदगी का असर छोड़ गई थी। मुंहफट केशव बोल भी दिया था.......'देखा साब!! इनकी चाल-ढ़ाल, बात-चीत का लहजा, साड़ी बांधने का ढ़ंग बिल्कुल मालकिन की तरह है।

'चुप कर यार !! साड़ी पहनने का यह आजकल आम फैशन है।'

डांट ख़ाकर केशव चला गया था, लेकिन उसके कथन को वे भी तस्दीक कर रहे थे....कैसा विचित्र साम्य है, केशव की कहीं बात मुझे भी सही लग रही है...लेकिन उसका सीधा और सपाट चेहरा, बिना चूड़ी की कलाई....क्या वो विधवा है या अभी तक शादी नहीं की...पर मुझे क्या ?? प्रोफेसर सिन्हा गर्दन को एक झटका दिये और कुर्ते की आस्तीन ठीक करते हुए भीतर दाखिल हो गये।

दीपा आने लगी थी, कभी-कभी तो प्रतिदिन, कभी दो-चार दिन का गैप लेकर...प्रोफेसर सिन्हा भी उसका इंतजार किया करते थे, लगभग दो घण्टे भर डिस्कशन चलता था, जरूरी पॉइन्ट वह डायरी में लिखती

जाती थी।

एक दिन गजल के मिज़ाज़ और अरूज़ पर बात चल रही थी....
दीपा !! तुम्हारा शोध टॉपिक थोड़ा अटपटा लग रहा है, अरे ग़ज़ल तो
गजल है, एक छंद है, बोली भाषा परिवर्तन से ग़ज़ल का स्वरूप थोड़ी बदल
जाता है।

'शायद आप दुरुस्त कह रहे है...गजल को हिंदी गजल, संस्कृत गज़ल
या अंग्रेजी ग़ज़ल कहना हास्यास्पद लगा था, इसलिये आपके टोकने से पहले
ही 'गजल के बदलते हुये मिज़ाज़' कर लिया है। दीपा मुस्कुराकर बोली
थी। उसकी मुस्कुराहट में भी गजब का आकर्षण था...प्रोफेसर सिन्हा उस
आकर्षण के तिलस्म में बंधे हुये पलकें झपकाना भूल गये... अकस्मात नज़रे
चार हुई और वे झेंप मिटाने हुये वे भी मुस्कुरा दिये।

इसी तरह से दीपा का फॉर्म आकर डिस्कशन करना, डायरी में पॉइंट
नोट करना, चंद बातें करना, तर्क करना, सहमति-असहमति का दौर चलता
रहा, न जाने कब छः माह व्यतीत होने चले थे, समय जब मन अनुकूल हो
तब उसकी गति तेज लगती है, प्रतिकूल समय में तो समय-घड़ी के कांटो
की टिक-टिक रुक सी गई प्रतीत होती है।

दीपा के आने-जाने से घर में पुनः खुशी लौटती हुई लग रही थी,
दीपा मेम को लेकर केशव बहुत आशान्वित था...वह सदैव भगवान से यही
मांगता था कि भगवान !! दीपा मेम को इस घर में भेजकर मौत के इंतज़ार
में बैठे मेरे मालिक की जिंदगी बचा ले।

एक दिन का वाकया खास गौर तलब है, आसमान में बादलों का डेरा
तो कई दिनों से पड़ा था, लेकिन गरजने-बरसने का शुभ मुहूर्त शायद आज
शाम को ही था...गरज-चमक के साथ पानी के छिंटे धरती का दामन गीला
करने लगे थे। दीपा और प्रोफेसर सिन्हा भीतर आ गये थे, केशव उस दिन
कॉफी के साथ गर्म-गर्म पकोड़े तल कर रख गया था...लेकिन दीपा को
लौटने की फिक्र के चलते पकोड़े बेस्वाद लगे।... अभी भी तेज हवाओं के

साथ ठहर-ठहर कर बरसात जारी थी, अंधेरा पैर पसार चुका था, गांव से बिजली नदारत थी, सो अलग...चारों तरफ घना-घुप्प अंधियार।

केशव सड़क से लौट कर आ गया था....'शहर से गाँव तरफ ऑटो लौट रहें है, गांव से शहर तरफ कोई नहीं जा रहा।'

'कोई बात नहीं, मैडम आज अपने घर की मेहमान रहेंगी... तुम खाना तैयार करो फिर कमरे में इनका बिस्तर लगा देना।'

'नहीं..नहीं सर !! मेरे इधर ठहर जाने से जितनी मुँह उतनी बातें उठेंगी मेरा जाना निहायत जरूरी है।'

'और.....खुदा-न-खास्ता राह बीच आपके साथ कोई हादसा घट जाये, तो हम लोग अपने-आप को माफ नहीं कर पायेंगे।' लालटेन की लौ बढ़ाता हुआ केशव बोला।

'चुप करो केशव !! तुम हमेशा निगेटिव ही सोचते हो, जब बोल दिया मैडम यहीं रुकेंगी तो रुकेंगी...दैट्स ऑल...ऐसे खराब मौसम में पच्चीस किलोमीटर दूर शहर जाने की हम अनुमति नहीं दे सकते। अब इस बात पर कोई बहस नहीं होगी।'

केशव रसोई वाले बगल के कमरे में चला गया था, पानी अब भी गिर रहा था...अचानक तेज रौशनी और भयंकर आवाज के साथ कहीं बिजली गिरने का अंदेशा हुआ...दीपा भय से सिहर उठी थी। प्रोफेसर सिन्हा अपनी जगह से उठे और दरवाजा बंद कर दिये।

'दीपा एक बात मेरे जेहन में हज़म नहीं हो रही है...बात यद्यपि तुम्हारी पर्सनल है...जरूरी नहीं कि जवाब दो।' लालटेन की लौ को और तेज करते हुये प्रोफेसर सिन्हा बोले।

'पूछिये सर !!'

'तुमने अभी तक शादी नहीं की...या फिर ??'

'कोई मिला नहीं।'

'ये कैसे हो सकता है...स्वस्थ हो, सुंदर हो, कालेज में सहायक प्रोफेसर हो। तुम्हारे लिए तो हजारों रिश्ते लाइन में खड़े मिलेंगे।'

'आप करेंगे मुझसे शादी।'

'क्या ?? तुम होश में तो हो।'

'जी !! मैं पूरे होशोहवास से दोबारा पूछ रही हूँ...' क्या आप मुझसे शादी करेंगे।' वह एक-एक शब्द पर जोर देते हुये बोली।

'दीपा !! मैं वो ठूँठ हूँ, जिसमें कोपलें नहीं फूट सकती, जरा सी हवा में हम जमीदोज हो सकते हैं।'

'आपके इस तर्क को मैं सिरे से खारिज़ करती हूँ...नवीनता प्रदत्त करना नियति का काम है, हम भले ही उस नवीनता को स्वीकृति न दें, नियति किसी की असहमति को लेकर अपना निर्णय नहीं बदलती है, पतझड़ के बाद सभी वय के दरख्तों में नवीन कोपलें फूटती है......

'ज्यों ही धरा जलेगी, आकाश रो पड़ेगा।

दामन दिवा-निशा का, मुस्कान से भरेगा।

है कौन रोक लेगा, यह कार्य है नियति का, कलियां नयी खिलेंगी, ज्यों ही चमन झड़ेगा।'

'वाह दीपा... आज तुमने अपनी काबिलियत का परिचय दे दिया... तुम्हे किसी पी.एच.डी. की दरकार नहीं है, मुझे तुम स्वयं शोध का विषय लग रही हो, तुम्हारी कविता और तर्कों से समक्ष निरुत्तर है, प्रोफेसर रजत सिन्हा।' 'तब चिंतन किस बात का...मुझे स्वीकार करिये....मैं आपको दिल की गहराइयों से चाहने लगी हूँ।' .. इस बार दीपा का दाहिना हाथ बिना प्रयास प्रोफेसर साहब की ओर बढ़ गया था। प्रोफेसर सिन्हा का हाथ भी बढ़ते-बढ़ते रुक गया था। तभी बिजली आ गयी है, दूधिया बल्ब कमरे में दूधिया प्रकाश परोसने लगे थे...टेबल पर खाना लगा दिया गया था... रोटी और लौकी की सब्जी, चटनी, सलाद, अचार सब कुछ तो था...दोनों

आमने-सामने बैठे हुये रोटियों के ग्रास बनाकर पेट के सुपुर्द करने की असहज कोशिश में लगे थे...खामोश। कोई किसी से कुछ नहीं कह रहा था, जैसे कहने को अब कुछ बचा ही न हो। केशव ने द्वार खोल दिया था..सिहरन भरी सर्द हवा कमरे में घुसने लगी थी।

'बन्द रहने दो।' प्रोफेसर सिन्हा का आदेशात्मक स्वर से कमरे की खामोशी भंग हुई।

दोनों ने अपेक्षा से कम भोजन किया...किसी तरह से दो रोटी प्रोफेसर सिन्हा ने भी खाई। उस रात किसी को नींद नहीं आई थी...सभी लड़ रहे थे अपने-आप से, एक अघोषित युद्ध, जिसका कोई आदि नहीं.. अंत नहीं, जीत -हार की अटकलें लगाना जहाँ सम्भव ही नहीं।

सुबह नवीनता लिए हुये आई...सूर्य देव आकाश-पथ से रथ में विराजमान होकर सम्पूर्णता के साथ जगती को ऊष्मा के साथ रौशनी परोस रहे थे, रात चली तेज हवा से पुराने-बीमार पत्ते टहनियों से टूट कर जमीन में अपनी-अपनी मुकम्मल जगह तलाशने में लग गये थे।

समूची कायनात घड़ी-घड़ी पर, पल-पल पर नवीनता की तलाश में रंग बदलती रहती है, इससे उस नियंता की शक्ति का पता चलता है, जो समूची कायनात को नियंत्रित करता है, उसका कोई निजी हित नहीं है, सम्पूर्ण सृष्टि को नवीनता प्रदान करने का महज उद्देश्य उसका होता है। वह चाहता है कि सम्पूर्ण जगती के चर-अचर, स्थावर, जंगम, कुम्भज प्राणी अपनी जरूरत अनुसार रंगों का कैनवास अपने जीवन में उतारते चले जायें, फीके हुये रंगों की परत पुराने फटे वस्त्र की तरह त्यागते हुये...लेकिन ऐसा होता नहीं है...हर प्राणी जिस रंग में शुरू से रंग दिया गया है, उसे ही अपनी तकदीर मान बैठा था, तकदीर के खिलाफ इंकलाब बोलने की असीम क्षमता के बावजूद भी वह अज्ञात भय के दायरे में सिमटा हुआ खड़ा है... हम में से कितने लोग है, जो इस दायरे से निकलने को छटपटाहट महसूस किये हैं....शायद बहुत कम.....दीपा की हर कोशिश नाकामयाब हुई थी। ..उसका कोई निजी स्वार्थ यहाँ पर साबित नहीं होता है, वह तो जीवन से

निराश हुये, मौत के इंतज़ार में बैठे प्रोफेसर सिन्हा को जीवन के शेष दिनों में खुशी के रंग देने आयी थी।

जाने को उद्धत दीपा बाहर आ खड़ी हो गयी थी, बगैर किसी वाह्य संवाद किये प्रोफेसर सिन्हा उसे सड़क तक टैक्सी में बैठाने गये थे..उसके. टैक्सी में बैठते ही उन्होंने औपचारिकतावश हाथ भी जोड़े थे...लेकिन आंखों में छलक आये आंसुओ की वजह से दीपा को कुछ दिखाई नहीं दिया था...वह स्वयं को सम्हाल पाती, उनके अभिवादन का उत्तर दे पाती कि पहले ही कर्कश हॉर्न बजाती हुई टैक्सी सड़क में दौड़ पड़ी थी।

प्रोफेसर सिन्हा जाती हुई टैक्सी को तब तक देखते रहे जब तक वह आंखों से ओझल नहीं हो गयी, उन्हें आज सब कुछ अपना जाता हुआ महसूस हुआ, बेजान जिस्म को मोड़कर किसी तरह से उद्यान में रखी कुर्सी तक आकर धँस गये और आंखे बंद कर ली।

'पानी साब !!' केशव की आवाज सुनकर वे ऐसे चौंके जैसे उनकी चोरी पकड़ ली गई हो।

'ये ठीक नहीं हुआ साब !! दीपा मेम बिना नाश्ता किये चली गई...मैं तो रसोई में गाजर का हलवा तैयार कर रहा था, आपको उन्हें नाश्ते के बाद जाने देना चाहिए था।'

'वेरी..वेरी सॉरी, मुझे तो कुछ याद ही नहीं आया...वे जाने को तैयार हो गयीं, मैं टैक्सी तक छोड़ आया......ये ठीक नहीं हुआ...मुझसे बड़ी भूल हो गयी केशव।'

'छोड़िये !! अब कोई फायदा नहीं पछताने से....मैं आपकी दवाइयां और चाय लाता हूँ.... फिर मुझे घण्टे भर के लिए खेत की तरफ जाना होगा, आप अपना ख्याल रखियेगा।'

चाय देकर केशव खेत तरफ चला गया था, वे विचारमग्न कुर्सी में बैठे हुए उद्यान में लगे बीही के पेड़ को देख रहे थे, पेड़ में फल आये हुये थे, डालियां फलों के भार से झुक गयीं थी, उसमें पक्षी का एक जोड़ा बैठा

था, नीली आंखे, नीले पंख वाले। परिंदों का यह जोड़ा पहली बार बगीचे में दिखा था, वे अपनी बोली में बातें करते हुये एक दूसरे से चोंच लड़ाते, पंख जोड़ते हुये चुहल कर रहे थे....उन्हें उनकी चुहलबाजी अच्छी लग रही थी, कि बैठे-बैठे ही अचानक आंख लग गई..वे देखते है कि सामने उनकी स्वर्गीय पत्नी इंदु खड़ी-खड़ी मुस्कुरा रही है और ताज्जुब ये कि वह भी उसी कलर की साड़ी पहने है, जो दीपा पहन के आई थी।

'किसलिये अपने-आप को दुख दे रहे हैं, दीपा का प्रेम निवेदन अस्वीकार कर के आपने ठीक नहीं किया...आप कशमकश में जी रहें हैं, इससे बाहर आइये।'

'इंदु तुम??'

'जी मैं आपकी इंदु थी, अब दीपा हूँ, मुझे पहचानिये, मुझे अपने हदय से दूर मत कीजिये...प्लीज !! मैं इस बार मृत्यु नहीं चाहती, मैं आपके साथ ही जीना-मरना चाहती हूँ।'

प्रोफेसर सिन्हा इंदु को छूने को आगे बढ़े थे...लेकिन छू नहीं पाये.. .. वह उतनी ही दूर आगे चली गई थी....जितना वे आगे बढ़े थे।

रुकिए सिन्हा साब!! मेरी प्रतिछाया दीपा में देखिए, तभी मुझे सूकूँ नसीब होगा। जाइये उसे मना कर घर लाइये, कहीं ऐसा न हो...वह भी मेरी तरह मृत्यु का वरण कर ले।'

नहीं... नहीं....नहीं.... प्रोफेसर सिन्हा जोर से चीखे थे....खेत में काम कर रहा केशव चीख सुनकर दौड़ा पड़ा था, उन्हें देखकर वह हक्का-बक्का रह गया....प्रोफेसर सिन्हा कानो को हथेलियों से ढँके हुये, बुत सरीखे खड़े थे।

'क्या हुआ साब।' उसने आते ही पूछा।

'आ गये केशव !! एक काम करो मेरा ब्राउन कलर का सूट निकालो, जूते मोजे, कमीज, टाई सब निकालो...फटाफट तुम भी तैयार होकर आओ...मेरे साथ चलना है।

कुछ देर बाद वे उज्जयनी नगरी को ले जाने वाली सड़क पर कार दौड़ा रहे थे, पीछे की सीट पर बैठा हुआ केशव अचरज से भरा था, वह कुछ पूछने की हिम्मत नहीं जुटा पा रहा था कि उसकी परेशानी समझ सिन्हा साहब बोले....

'मैं पराजित हो गया केशव !! लेकिन इस पराजय के बाद हम जय-पराजय के बंधन से मुक्त हो जायेंगे....यह मेरी आखिरी पराजय है।'

'साब !! हम लोग दीपा मेम को बुलाने उज्जयिनी चल रहें हैं न ??

'हां..ठीक समझे।'

'जय हो महाकाल !! आपने मेरी विनती सुन ली।' ..श्रद्धा से केशव ने सर झुका लिया था।

साब !! दीपा मेम को लेकर हम लोग भगवान महाकाल के दर्शन को जायेंगें, वे उज्जयिनी वापस आ गये हैं।'

इतना बहुत है

दफ्तर का नाम ठीक से नाम याद नहीं, या नाम बताने की हिम्मत नहीं है...समझदार लोग समझ ही गये होंगे...नासमझों के आगे मगजमारी करने से कोई फायदा नहीं है। जनाब जो ठीक लगे, समझ लें।

चौकीदार बंशराखन बड़े साहब के कक्ष में झाड़ू मार ही रहा था कि एक विचित्र घटना घट गई...अचानक बड़े साहब अखबार डस्टबिन में डालकर ऐसी लांग जम्प मारे कि सीधे चौकी पर आकर खड़े हो गये और बंशराखन के हाथ से झाड़ू छीनकर बोले....' मैं इस बड़े ऑफिस का हेड चौकीदार हूँ, लाओ आज से मैं झाड़ू लगाऊँगा...मेरे साथ सभी झाड़ू लगायेंगे, किसी तरह से कोई गंदगी, कोई कचड़ा, रद्दी कागज के टुकड़े, अब दफ्तर में नहीं दिखेंगे....उन मकड़ी-मकोड़ो को सावधान कर दो, जो वर्षों से छत के कोनो में डेरा जमाये हुये है, बहत्तर घण्टे के अंदर कोना खाली कर दें, अन्यथा अपनी जान की खैर न समझें। भिनभिनाते मच्छर-मक्खियों के बीच जाकर ऐलान कर दो.....किसी दूसरे मोहकमे के दफ्तर में जाकर अपना गाना-बजाना करे...यहां उनकी एक नहीं चलेगी....सबका हारमोनियम-तबला छीन लिया जायेगा।

बंशराखन डरा-सहमा हुआ स्थापना कक्ष में आ कर बड़े बाबू की टेबल के पास कांपता हुआ खड़ा हो गया, बड़े बाबू की नजर जैसे उस पर पड़ी तो डपट कर बोले....'जब बुखार थी, तो छुट्टी क्यों नहीं लिया, अब मेरे सर में खड़े होकर कांपने से बुखार उतर जायेगा।'

'साहब बुखार नहीं है।'

'अबे बुखार नहीं है, तो खड़ा-खड़ा अभुआ क्यों रहा है, जा कल्लन से चार पान बंधा ला, जर्दा वाले....पिच्च... पहले से मुँह में भरे पान की पीक को डस्टबिन के पेट में उड़ेलते हुये बोले।'

साहब !! वो वाली बात नहीं है...दर-असल बड़े साहब चौकी पर

हाथ में झाड़ू पकड़े खड़े है और खुद को चौकीदार बता रहे हैं.... मेरी तो नौकरी गई न साब... वो झाड़ू लगायेंगे तो मैं क्या करूँगा...मै बाल-बच्चेदार आदमी हूँ, साब, मेरी नौकरी बचा लो....पान मेरी तरफ से महीने भर आपके लिये फ्री।

'अरे जुम्मन!! तुम देख के आओ, ये बंशराखन क्या बक रहा है।'

'जनाब!! बंशराखन दुरुस्त बक रहा है, आला हुजूर हाथ में झाड़ू पकड़े चौकी पर तनकर खड़े हैं। 'मैं नज़र फेर के अभी लौटा हूँ।'

'तुम उधर किसलिये गये थे??'

'दस्तख़त मारने।'

'मारे।'

'नहीं जनाब !! मौका-ए-हालात देखकर हिम्मत फुर्र हो गयी।

एक-एक करके सभी चौकी में झाड़ू को दिव्यास्त्र की तरह सम्हाले बड़े साहब के दुर्लभ दर्शन ले आये थे।

'मामला गम्भीर है, बड़े बाबू।' उंगली से चूना चाटते हुये डिप्टी साहब बोले। 'कुछ सोचिए डिप्टी साहब, आपके पास आयडिया की कमी नहीं है, पी.एस.सी फेलो हैं आप।'

'बड़े बाबू !! ऐसे हालात से निपटना आपसे अच्छा भला कौन जानता है, याद है न जब फर्जी बिलों के भुगतान की इंक्वायरी सी.बी.आई से होने जा रही थी...कैसे सार्ट सर्किट से आग उठाकर सारे रिकॉर्ड....।'

ही..ही.ही.ही..सो तो है...पीले-पीले दाँतो को बाहर झंकाते हुये बड़े बाबू जबाब दिये।

'मेरी राय है, आप लोग मीटिंग करके तय कर लो, तब तक मैं बाहर बैठकर साहब को देखे रहूँगा, कुछ गड़बड़ करेंगे तो फौरन आप लोगों को खबर कर दूँगा।' हथेली मली सुरती में गिनकर तीन ताल ठोकते हुये बंशराखन ने सुझाव दिया।

'वेरी गुड आयडिया....जीनियस डियर बंशराखन, बट आय वुड लाइक टू नो, इन विच प्लेस मीटिंग विल बी ...।'

'अपनी अंग्रेजी बन्द करो विलियम भाई....चलो शास्त्री पार्क में बैठे लेते है, वहीं सबसे नजदीक है।' डिप्टी साहब की बात पर आम राय कायम हो गयी जो रिकार्ड की चीज है, आज तक का इतिहास है कि इस दफ्तर में आज से पहले किसी मसले पर कभी आम राय कायम नहीं हुई थी।

बंशराखन को दफ्तर में छोड़कर सब लोग शास्त्री पार्क में आकर एक कोने में गोला कार बैठ गये थे, बड़े बाबू घास के मैदान में पान की लंबी पीक खारिज करने के बाद दम लगाकर बोले....' भाइयों एवं बहनों....

'इधर सिस्टर लोग नहीं आया है, सेन्टेंस करेक्ट बोलो बॉस।' विलियम ने टोका।

'चुप कर यार !! नहीं तो मीटिंग से फूट ले, गम्भीर टॉपिक पर भी तुम्हारी टोकने की आदत नहीं गई....बोलिये बड़े बाबू !! अब बीच में कोई नहीं बोलेगा। डिप्टी साहब ने आश्वस्त किया।

'हां तो मैं बोल रहा था कि बड़े साहब ने हाथ में झाड़ू उठा ली है, ऐसे में हम लोगों की इज्जत को खतरा पैदा हो गया है। वे बड़े साहब है, चौकीदार बने या चोपदार उन्हें हर जगह तारीफ मिलनी है, चिंता अपने लोगों की है अभी तक जो पब्लिक से साग-सब्जी का मिल जाता था, बन्द हो जायेगा... भला हम जैसे पुरुष चौकीदारों की तरफ कौन चारा डालेगा। मामला बेहद गम्भीर है, राष्ट्र हित में भले ठीक लगे पर घर हित में कतई नहीं हैं..तनख्वाह का अस्तित्व संकट में पड़ जायेगा। आप लोग अपना-अपना दिमाग भिड़ाइये, कोई न कोई हल जरूर निकल आयेगा।'

'मेरी तो शादी गई साहब...सब-इंजीनियर समझ के शादी पक्की हुई है, वे जब जानेंगे कि मैं चौकीदार हूँ... तय शादी टूट सकती है। घबराया हुआ मित्तल बोला, जो अभी पिछले माह ही नौकरी ज्चाइन किया था।'

फिकर नॉट फ्रेंड...परफेक्ट सोलोशन निकाल लेगा, बरा बाबू। उसकी

पीठ को ठोकता हुआ विलियम बोला।

'मेरी निजी राय है, मामले से यूनियन के बड़े लीडर्स को अवगत कराया जाय, एक सादे कागज पर ड्राफ्टिंग कर के मुझे दे दीजिए मैं टाइप करवा के उन्हें सौंप दूँगा।' डिप्टी साहब की बात पर पुनः आम राय बनती दिख रही थी कि विलियम ने फिर अड़ंगी मार दी।

'इट्स कोरेक्ट सम वन, बट आय थिंक ...कोरट से स्टे डिमांड भी कोरी जाए।'

'विलियम की बात में दम है, हम दोनों एक्शन साथ लेगें। सभी ने एक स्वर में इस प्रस्ताव पर मंजूरी दे दी। मीटिंग समाप्त हो गई थी सभी दफ्तर लौटने की सोच ही रहे थे, कि बाहर से चार लोग जोर- जोर से बहस करते हुये, नजदीक आ गये, उन लोगों ने हाथ जोड़कर बड़े बाबू से कहा...'साहब !! आपकी गंजी खोपड़ी इस बात की सुबूत है कि आप विद्वान है, आप फैसला कर दीजिये।'

'कोई फैसला-वैसला मुझसे न होगा...हम लोग चौकीदारी के मसले को लेकर बहुत टेंशन में हैं।' बड़े बाबू झल्लाकर बोले।

'थोड़ी टेंशन और सही सर प्लीज !!...हम लोग एक गम्भीर मुद्दे पर सौ सालों से लड़ रहे हैं....कई बार जूतमपैजार भी हो चुका है, लेकिन मामला सुलझने का नाम नहीं ले रहा है।'
'जी !! बताइये।' वो बताने ही जा रहा था कि विलियम बीच में कूद पड़ा व्हाट नॉनसेंस..व्हाटस मीन्स 'जूतमपैजार' ।

चुप कर विलियम अन्यथा अब मार खायेगा जो ज्यादा बक-झक किया...हां तो बोलिये....क्या प्रॉब्लम है आपकी।

'सर जी !! ये कह रहें है कि धरती मुर्गी के अंडे की तरह अंडाकार है, इनकी बात से सहमति रखने वाले हज़ारों लोग हैं और मैं नहीं मानता कि धरती अंडाकार है, मेरा मानना है... धरती देहाती रोटी की तरह चपटी और गोल है...मेरी बात पर सहमति जताने वाले भी हज़ारों लोग है।

‘ओह!! बरोबरी का मुकाबला....वेरी..वेरी सिरियस योर मेटर...
आप लोगन को कोरट जाना चाहिए।’ बिलियम ने सुझाव दिया।

इस मैटर पर माथा-पच्ची चल ही रही थी कि बंशराखन भागा-भागा
आया और हांफते हुये बोला....

‘साहब जी !! बड़े साहब चले गये।’

‘चले गये ?? कहाँ चले गये ??

‘दफ्तर से।’

‘कुछ बोलकर गये ??’

‘हां !! बोल रहे थे.........पहले दिन के लिये इतना बहुत है।’

‘चलो -चलो सब लोग...मीटिंग सस्पेंड की जाती है...पहले दिन के
लिये इतना बहुत है।’ गंजी खोपड़ी में हाथ फेरते हुये बड़े बाबू ने घोषणा
की।

बजरंगी

'कभी-कभी ऐसी कहानी भी सुनाया करो, जो अभी तक न सुनी हो, कक्कू !! जो कथायें अभी तक तुमने कहीं है, वह सुनी सुनाई लगती है। कोई खास दम खम वाली कहो न...देखो आज होली है, कोई रंगीन फड़कती हुई कहानी ढ़ीलो न कक्कू।'

'हां.. हां... इन नौजवानों की पसन्द का भी ध्यान रखा करो।' देवी मंदिर का पुजारी विद्यानन्द लड़कों की हां में हां मिलाता हुआ बोला।

वे इसी नाम से जाने-पहचाने जाते थे, बूढ़े जवान बालक सभी वय के लोग उन्हें कक्कू कहने लगे थे, वे भी अपना असली नाम भूल गये थे, वैसे उनका नाम बजरंगी पहलवान था..वे इलाकेदार दाऊ ठाकुर के यहाँ गाय-भैंस की सेवा में रहते थे, दुधारू जानवरों को सानी-चारा देना, नहलाना, दूध दुहना इत्यादि के काम उनके जिम्में रहता था...ऊँचे कद काठी के सुगठित देहयष्टि के मालिक पहले सिर्फ बजरंगी थे उनके, नाम के आगे पहलवान शब्द जुड़ना बड़ा दिलचस्प है। इसे बताना बेहद जरूरी है।

घटना ने कुछ यूं मोड़ लिया....नागपंचमी के ठीक एक दिन पहले एक पंजाबी पहलवान आया...उसने दाऊ ठाकुर से ख्वाहिश जाहिर किया कि आपके इलाके में यदि कोई पहलवान हो तो कल उससे दंगल करा दीजिये, इलाके की जनता का मनोरंजन हो जायेगा और आपका भी नाम ऊँचा हो जायेगा कि फला इलाकेदार ने दंगल कराया है। दाऊ ठाकुर की इज्जत का सवाल था, उन्होंने यह जानते हुए भी यह हामी भर दी कि उनके इलाके का कोई भी तथाकथित पहलवान इसका मुकाबला नहीं कर पायेगा।

दाऊ ठाकुर ने इलाके भर में ऐलान करवा दिया कि....कल सुबह नौ बजे इलाके के पहलवानों का पंजाबी पहलवान के साथ कुश्ती का जंगी मुकाबला होगा। जो थोड़ा बहुत लपटी-लपटा जानते थे, जब उनको पता चला कि कल के दंगल में उन्हें लड़ाया जायेगा तो वे रात में ही गांव छोड़कर

भाग गये।

सुबह सबकी तलाश की गई लेकिन कोई नहीं मिला, दाऊ ठाकुर बहुत चिंतित हुये, उन्हें अब अपनी इज्जत उतरती दिख रही थी, वे समझ गये कि किसी शत्रु की यह चाल है, उसने मुझे नीचा दिखाने के इरादे से यह छ-फुटा पंजाबी भेजा है.. अब क्या हो?? क्या किया जाय?? इसी उधेड़बुन में मूछें नीचे झुकाये वे अपने कक्ष में विचार मग्न बैठे थे। तभी एक मित्र कहिये या उनका दाहिना बाजू कहिये...सुल्लन नाम था उसका, कक्ष में आकर बैठ गया....अकेला सुल्लन ही ऐसा शख्स था जो कोठी के भीतर-बाहर आ-जा सकता था। वह दाऊ ठाकुर का बहुत खास आदमी था...उसे पूरी कैफियत दाऊ ठाकुर ने बता दी...सुनकर, वह भी सोच में पड़ गया...फिर वह मशविरे के हिसाब से दाऊ ठाकुर से बोला...

'दाऊ सा जो बजरंगी को लड़ा दिया जाए तो....'

'अरे !! मरवाओगे क्या उसे तुम....गाय-भैंस कौन देखेगा।'

फिर वे क्षणिक सोचकर बोले....' वैसे अपना बजरंगी उस पहलवान से कद-काठी में बीस ही होगा, उन्नीस नहीं हो सकता।' असमंजस के बावजूद भी अँधेरे में प्रकाश की एक बारीक लाइन उन्हें बजरंगी के रूप में दिख गयी ...वे बजरंगी को उस पहलवान से लड़ाने को सहमत हो गये थे।

बजरंगी को तलब किया गया..सुल्लन ने उसे बताया कि आज नौ बजे धोबिया अखाड़े में तुम्हें उस पहलवान के सामने मुकाबले में उतारने का निर्णय दाऊ ठाकुर ने ले लिया है, क्योकि इलाके के सभी पहलवान भाग गये हैं।

बात सुनकर बजरंगी की डर के मारे घिग्घी बंध गई...वह थर-थर कांपते हुये बोला....हुजूर !! वो मुझे मार डालेगा...दांव-पेंच में माहिर पहलवान है, मैं तो आज तक किसी बच्चे तक से नहीं लड़ा हूँ...मैं गाय-भैंस चराने वाला आदमी क्या जानू कुश्ती-मुश्ती। मुझ पर रहम करिये हुजूर... बाल-बच्चेदार आदमी हूँ।

'बहुत खूब बजरंगी !! दाऊ ठाकुर का दिया दूध-मलाई छानो और मस्त पड़े रहे...जब ठाकुर को तुम्हारी जरूरत पड़े तो ठेंगा दिखा दो....नमकहराम कहीं के.......'

'गाली मत दो सुल्लन ठाकुर, बजरंगी नमक हराम नहीं है...मौका आने पर दाऊ ठाकुर के लिये अपनी जान देकर नमक हलाली साबित कर देगा। मेरी गुज़ारिश सिर्फ इतनी थी कि, मुझे पहलवानी नहीं आती, और वो रहा दांव पेंच का उस्ताद आदमी...उसके और मेरे दरम्यान कैसा मुकाबला ?? उसकी स्वामिभक्ति पर कोई सवाल उठाये यह उसे बर्दाश्त नहीं था... उसने निर्णय कर लिया कि वह पहलवान से जरूर लड़ेगा... हो सकता है, विधाता ने उसकी मौत इसी तरह से तज़बीज़ की हो।

'दाऊ ठाकुर !! मुनादी करवा दीजिये हुज़ूर.... पूरे इलाके में उस पंजाबी पहलवान से मैं कुश्ती लड़ूंगा..आपकी मूंछों पर हमारी जान बसती है...उठा लीजिये मूंछें और उस पहलवान तक बजरंगी की ललकार भिजवा दीजिए..। बजरंगी लड़ेगा....।'

बजरंगी को इस तरह के भाव-तेवर में किसी ने कभी नहीं देखा था, बजरंगी की हिम्मत देखकर दाऊ ठाकुर और सुल्लन दंग रह गये थे। दाऊ ठाकुर ने उठकर उसकी पीठ थपथपायी और 'विजयी भव' का आशीर्वाद दिया। बंधे समय पर वह पहलवान धोबिया अखाड़े में पहुँच गया, इधर से बजरंगी भी कम्बल ओढ़कर पहुँच गया....इलाके भर से तमाशबीन कुश्ती देखने को आ जुटे थे। दाऊ ठाकुर ने दोनों के लिलार पर गुलाल लगाकर स्वागत किया। दोनों पहलवान अखाड़े में उतर आये थे....एक ..दो.. तीन की गिनती हुई...ये तैयारी का संकेत था...बदन से कम्बल उतार फेंका बजरंगी ने जो भीड़ से पार जाकर पेड़ से लटक गया...साढ़े छै फुट का कद, काले कौए से भी काला बजरंगी का शरीर, उस पर चेहरे पर चेचक के दाग, बड़ी-बड़ी रक्ताभ आंखे, उसे डरावना बना रही थी....वह प्रेत नज़र आ रहा था, पंजाबी पहलवान भी उसे देखकर दहशत में लग रहा था।

सीटी की कर्कश आवाज हुई...मुकाबला शुरू करने का संकेत मिलते

ही नियम मुताबिक दोनों ने हाथ मिलाया....जंघा ऊपर ताल प्रहार किया.. फिर दांव लगाने के फिराक में दोनों गोल-गोल घूमने लगे। बजरंगी तो इस फन में निपट अनाड़ी था...वह वैसा ही करता था, जैसा वो पहलवान कर रहा था।

अचानक पंजाबी पहलवान ने बजरंगी पर दांव लगा ही दिया...बजरंगी कटे पेड़ की तरह भरभराकर अखाड़ा के बीचों बीच पसर गया...वह पहलवान दूसरा दांव आजमाता कि बजरंगी उठकर खड़ा हो गया....फिर से दोनों गोल-गोल घूमने लगे। इधर दाऊ ठाकुर के माथे पर पसीना चुहचुहाने लगा था...उन्हें बजरंगी की मौत के साथ इलाके की पराजय साफ दिख रही थी...उनकी मूंछे डाउन सिग्नल देने लग गयीं थी....अचानक चमत्कार हो गया....पंजाबी पहलवान को घास के गट्टर की तरह सर ऊपर उठाये बजरंगी चक्कर लगाने लगा था...भीड़ ने भी ताली बजाकर जोश चौगुना कर दिया...परिणाम ये हुआ कि वह पूरी ताकत से उस पहलवान को गेंद की तरह बाहर उछाल दिया...जमीन में गिरते ही पहलवान की हड्डी-पसली टूट गई...वह उठने के काबिल नहीं रहा। बजरंगी को विजयी घोषित कर दिया गया।

तब से वह बजरंगी से बजरंगी पहलवान हो गया...उसकी शोहरत इलाके पार तक गयी...उसे बुलाकर इलकेदारों ने सम्मानित भी किया, उसे नाम के साथ-साथ इनाम भी बहुत मिला।

समय ने करवट ली, इलाके, सूबे सबका मूल स्वरूप तब्दील हो गया, वे जिला, तहसील, शहर, गांव में बंट गये। बजरंगी गांव में आकर गांव के होकर रह गये....अब वह गांव भर के 'कक्कू' बन गये थे, उसका असली नाम जानने वाला कोई जीवित नहीं था...बजरंगी ऐसे इकलौते शख्स थे जो अस्सी पार की उमर में भी साइकिल से आना-जाना बड़े आराम से कर लेते थे...अभी भी उनमें बहुत दम खम था...सेर भर आटे की रोटी पचाने की क्षमता उनमें अब भी मौजूद थी। उन्हें असली नाम की जरूरत भी नहीं पड़ी.......वह अपना गांव, खेत, मकान छोड़कर बाहर निकले ही नहीं के

नाम बताना पड़े.... न जाने का कभी मन ही किये... उसका ज्येष्ठ पुत्र सूरत की कपड़ा मिल में नौकरी करता है, उसने बहुत बार चाहा कि पिता जी को सूरत घुमा लाये, लेकिन कक्कू टस-से-मस नहीं हुये। वे कहीं गये नहीं, देश दुनिया देखी नहीं, लेकिन कहानियां वे मुँह से ऐसी निकालते थे, जैसे समूची दुनिया टहलकर आये हों।

इस साल गांव के प्रधान जी ने ऐलान किया है कि बॉर्डर पर शहीद सैनिकों के सम्मान में न तो होली जलाई जायेगी, न रंग-गुलाल न फ़ाग गाया जायेगा। यहां तक कि टी.वी.-रेडियो भी बन्द रहेगा...समूचा गांव रंग-पंचमी तक ऐसे ही वर्ताव में रहेगा। तब लोगों को कक्कू की याद आयी, कक्कू को भुला ही दिया था, गांव वालों ने, जब से घर- घर में टी.वी.आई, स्मार्टफोन हर किसी की जरूरत बन गये, तब ऐसे समय में कक्कू जैसे किस्सागो को याद रखने की जरूरत भी क्या है ??

'देखो !! कक्कू गला साफ करते हुये बोले....अब कहने-सुनने की परंपरा नहीं रही, अब तो कोई सुनने वाला बचा ही नहीं, टी.वी. के आगे अब कौन किसी के नजदीक बैठता है, वे जमाने बिदा हो गये जब बच्चे दादी-नानी से किस्से-कहानी सुने बगैर सोते नहीं थे...। अब ये रिश्ते गांव-बस्ती में पड़े अंतिम सांस ले रहे हैं...बच्चों की परवरिश और संस्कार देने की जिम्मेदारी मां-बाप पर आ गयी है...जिन्हें बच्चे मॉम और डैड के नाम से पुकारते है, आधुनिक जीवन की दौड़ में बने रहने के लिये इन्हें भी बहुत श्रम करना पड़ रहा है, थक जाते हैं... वे करें भी तो क्या करें। थक-हारकर बच्चों के परवरिश की जिम्मेवारी टी.वी. मोबाइल और स्कूल को सौंप दिये। स्कूल में टीचर से किताबी ज्ञान मिल सकता है, लेकिन संस्कार नहीं मिल सकता, संस्कार देने वाले पाठ यद्धपि किताबों में शामिल है, लेकिन शिक्षक में इतनी काबिलियत नहीं है कि किताबी करेक्टर को बच्चों के भीतर प्रतिस्थापित कर सके।

आइये एक लघु कथा के माध्यम से शिक्षक और बालकों के ज्ञान की थाह लेते हैं....किसी स्कूल में निरीक्षक महोदय मुआयना करने

पहुँचे...आठवीं की क्लास थी....हिंदी का पीरियड था, हिंदी पढ़ाने वाले शिक्षक छुट्टी में थे, लिहाजा प्रधानाचार्य ने गणित के शिक्षक को हिंदी का पीरियड भी सम्बंधित शिक्षक के आने तक सौंप दिया था।

क्लास में लड़के किताब खोलकर बैठे थे, एक लड़का खड़ा होकर पाठ-वाचन कर रहा था, रामायण में वर्णित लक्ष्मण और परशुराम के संवाद का प्रसंग था...शिक्षक महोदय कुर्सी में बैठे मोबाइल की स्क्रीन में उलझे थे।

निरीक्षक महोदय के आ जाने से पठन-पाठन बाधित हुआ...उन्होंने किताब पढ़ रहे लड़के से पूछ लिया था....'शिव का धनुष किसने तोड़ा ??'

वह लड़का कुछ नहीं बोला, पैर के अंगूठे से जमीन खरोंचता हुआ जड़वत खड़ा रहा....निरीक्षक महोदर ने सवाल दोहराया....तब वह रुआंसा होकर बोला......सर मुझे बिल्कुल नहीं मालुम है कि शिव का धनुष किसने तोड़ा...मुझे न तो शिव का घर पता है, न उसका धनुष..मैं भला कैसे तोड़ सकता हूँ।'

'अच्छा ठीक है कोई भी बताये ??'

कोई कुछ बोला नहीं सब नीची निगाह किये बैठे रहे...तब निरीक्षक महोदय शिक्षक जी से मुख़ातिब हुये....'आप ही बताओ धनुष किसने तोड़ा ??

मैं क्या बताऊँ सर !! मैं गणित का टीचर हूँ...नौंवी के स्टूडेंट्स को गणित पढ़ाता हूँ, मेरा इस क्लास में पहला दिन है, मुझे पता नहीं था कि इस क्लास के लड़के इतने शैतान है...अन्यथा क्लास लेने से मना कर देता।'

'वाह वाह कक्कू !! छोटी कहानी के मध्यम से बहुत बड़ी बात कह गये, अब तो हम लोग रोज आया करेंगे आपसे किस्सा सुनने। बच्चे, बूढ़े, जवान सब ताली पीटकर एक स्वर में बोले।

एक छोटी सी कथा और सुनाते है, हर आयु वर्ग के लिए इसमें कुछ न कुछ मसाला जरूर मिलेगा।

एक ठाकुर साहब थे, वे ट्रक ड्राइवरी करते थे, ट्रक लेकर महीने भर घर से नदारद रहना उनकी विवशता थी, कभी-कभी तो दो-तीन महीने गुजर जाते थे, वे घर नहीं पहुँच पाते थे, उनके दो लड़के थे, बड़ा लड़का रुचिर दस साल का तथा छोटा शिशिर आठ साल का था।

जिस तरह से सचिन तेंदुलकर और विराट कोहली क्रिकेट के चैम्पियन कहे जाते हैं... उसी तरह से ये दोनों लड़के शैतानी में चेम्पियन थे। महतो के यहाँ चन्दना नाम की गाय थी, उस गाय की खासियत यह थी कि कैसी भी कांटेदार बारी क्यों न हो चन्दना हाई जम्प लगाकर बाड़ी पार बोई साग-भाजी चर आती थी। ये शैतान बच्चे रात में चोरी छिपे बंधी गाय को खोल देते थे, गाय अपना काम कर पुनः खूंटे तक आकर जुगाली करने लगती थी। ठकुराइन अपने बेटों के कारनामों से बहुत परेशान थीं...गांव वालों की सलाह मानकर इन्हें स्कूल भेजना शुरू कर दिया, लेकिन शैतानी करने की इनकी आदत कम नहीं हुई...रोज किसी की कापी फाड़ देना, किसी के शर्ट में स्याही गिरा देना, यह आम बात थी...बेचारी ठकुराइन इनके सुधरने के उपाय हर किसी से पूछती फिरती थीं। कोई कहता चिंता न करें...'अभी नासमझ है, जैसे-जैसे बड़े होंगे समझ आ जायेगी। लेकिन ये नियम इन शैतानों पर लागू नहीं हुआ, बढ़ती उम्र के साथ-साथ इनकी शैतानी का दायरा भी बढ़ गया।

एक बार इन भाइयों ने ऐसा कारनामा कर दिखाया जो गिनीज वर्ड रिकॉर्ड में दर्ज करने योग्य है।

'ऐसा क्या किया ??' मौजूद लड़कों ने उत्सुकता से पूछा।

'गांव में बाँदा जिला उत्तरप्रदेश से बारात आई हुई थी, उस जिले में मूछें बढ़ाने का बड़ा शौक था, हर किसी में मूछें बढ़ाने की होड़ वाला वह दौर था, 'मुच्छ नहीं तो कुच्छ नहीं' की मसल चरितार्थ होती प्रत्यक्ष थी...एक से बढ़कर एक मुच्छड़ बाराती, यादव परिवार की बारात में नमूदार हुये थे, किसी ने सपने में भी नहीं सोचा था कि फला गांव में उनकी एक मूँछ सोते-सोते गायब हो जायेगी... यह करिश्मा इन दोनों शैतान भाइयों ने

कर दिखाया था, सोये हुये दर्जन भर बारातियों की एक तरफ की मूंछ रात में कैंची से कुतर आये थे। सुबह हंगामा हो गया...पूरी बात नाराज होकर बिना व्याह कराये ही दूल्हे को लेकर लौटने लगी...इधर गांव वाले भी ताव खा गये.. जोरदार वाकयुद्ध हुआ...ये तो अच्छा हुआ के दोनों तरफ के समझदार बुजुर्गों की सूझ-बूझ से सरफुटौबल होते-होते बच गया।

ऐसे चैम्पियन शैतान थे रुचिर और शिशिर.....ठकुराइन इन लड़कों की कारस्तानी से बहुत दुःखी रहने लगी...वे गांव में किसी के सामने निकलने में मुंह चुराने लगी थीं। तभी उम्मीद की एक महीन लकीर उन्हें साधू बाबा के रूप में दिखाई दी संयोग से एक साधू बाबा रानी तालाब स्थित प्राचीन देवी मंदिर में कहीं से आकर रुके हुए थे, गांव वालों के अनुसार बाबा जी हर मर्ज का इलाज जानते है, झाड़ फूँक और देसी उपचार से वह हर मर्ज को भगा सकते हैं। ठकुराइन को जब पता चला तो वे भी बाबा जी के दरबार में गईं...अपनी परेशानी उन्हें बताई... बाबा जी ने हुक्म दिया कि माई..‘बच्चों को साथ लेकर आओ...बिना मरीज की नब्ज टटोले मर्ज समझ में नहीं आयेगा।’ वे भागी-भागी पुनः घर पहुचीं, किसी तरह से दोनों को साथ चलने को राजी किया...लेकिन बड़ा लड़का चकमा देकर रास्ते से भाग गया...वह केवल छोटे बेटे शिशिर को लेकर बाबा जी तक पहुँच सकीं।

उसे बाबा जी के आगे बैठा दिया गया, वे कुछ देर बच्चे को बड़ी-बड़ी आंख निकाले घूरते रहे, फिर हाथ में चिमटा लेकर डपट कर बोले....
बता !! सूरज कहाँ है ??

लड़का चुप रहा। बोल !! सूरज कहाँ है ?? इस बार साधू बाबा चिल्लाकर बोले।

तब भी वह कुछ नहीं बोला...अचानक वह उठकर भाग खड़ा हुआ...पीछे से साधू बाबा की गरजदार आवाज़ ...पकड़ो...पकड़ो उसका पीछा करती रही...लेकिन उसे पकड़ नहीं सकी। वे घर आकर पलंग के नीचे छिप गया..जहां पहले से ही बड़ा भाई छिपा था।

क्या हुआ छोटू ?? तुम भागकर क्यों आये ?? उसे देखते ही रुचिर ने शंकित मन से पूछा।

'भैया !! लगता है अब की बार फँस गये??'

क्या ??

हां भैया !! सूरज नाम के किसी लड़के ने बाबा के यहाँ चोरी की है...चिमटा और लँगोटी छोड़कर सब ले गया है। हम लोग चोरी तो कभी किये नहीं..लेकिन बाबा को शक है कि सूरज के साथ हम भी चोरी में शामिल हैं।

अब क्या होगा छोटू ??

'भैया !! बहुत डर लग रहा है...बाबा पुलिस लेकर आयेगा, और हमें पकड़वा देगा।'

'एक उपाय है छोटू !! अम्मा से बता दें कि हम चोरी में शामिल नहीं थे। वे जरूर बचा लेंगी।'

ठकुराइन के घर आते ही दोनों लड़के उनसे रोते हुये लिपट गये...' बचा लो अम्मा !! हम सूरज को नहीं जानते है, न ही उसके साथ मिलकर बाबा का सामान चुराया है।'

ठकुराइन को माजरा समझते देर नहीं लगी...अच्छा अवसर हाथ आया जान वे दोनों के कान खींचती हुई बोली....'एक वायदा करो कि आज से शैतानी नहीं करेंगे।'

'नहीं करेंगे...नहीं करेंगे...अब कभी नहीं करेंगे।' दोनों रोते हुये बोले।

'तो ठीक है जाओ !! किताब खोलकर पढ़ाई शुरू करो...मैं साधू बाबा को समझाकर आती हूँ।

फिर क्या हुआ कक्कू!! एक साथ सभी बोल पड़े।

'बच्चे सुधर गये...इसके बाद उनकी शिकायत नहीं आयी।'

ऐसे शख्सियत के स्वामी हैं बजरंगी...जवानी के दिनों में दाऊ ठाकुर की लाज बचाई अब बुढ़ापे में किस्सा सुनाकर मनोरंजन के साथ ज्ञान बाँट रहे हैं। धन्य है ऐसी महान आत्मायें, जो चला-चली के बेरा में भी समाज को कुछ न कुछ दे रहीं हैं.....अंतिम सांस लेती जिंदगी से यह कहती हुई..

'अरी !! जिंदगी चार पल और रुक ले, जरा दास्तां से निगाहें मिला लें।

दास्ताँ से निगाहें मिलाने से पहले, हो सके तो इनसे कुछ जरूर लीजिये, बदले में यदि दे सकें तो एक सल्यूट इनके सम्मान में जरूर दें।

चित्र-रेखा

आज एक ऐसी कहानी को मैं लिपिबद्ध करने जा रहा हूँ, जिसका मैं अकेला दृष्टा होता हूं... ठीक उस समय जब मध्य रात्रि में पूरा आलम सोता है, तब मैं दो-मंजिला बड़े मकान के एक बड़े कमरे के कोने में लगे बिस्तर पर अधलेटा हुआ निद्रा देवी से प्रार्थना करता हूं कि...

मां !! मुझ पर भी कृपा कीजिए, मुझे भी घड़ी दो घड़ी के लिए अपना आश्रय प्रदान कीजिए। मेरी प्रार्थना बेकार नहीं जाती है, वे सुलाने के लिए आती है, लेकिन सुलाने की बज़ाय मेरे साथ जागृत स्वप्न का ताना-बाना बुनने लगती है और ले जाती है, एक ऐसे माया लोक में जिसे मैं कथा के स्वरूप में लिपिबद्ध करने जा रहा हूँ, काम बहुत कठिन है, जो देखता हूँ और जो सुनता हूँ, उसकी अनुभूति हृदय में तो है, लेकिन व्यक्त करने के लिए उपयुक्त शब्द मेरे पास नहीं है, के हु-ब-हू बयाँ कर सकूँ... बहुत सी अनुभूतियां ऐसी हैं, जिन्हें व्यक्त करने के लिए शब्दों के विशाल भंडार से उपयुक्त शब्द अब तक नहीं मिले हैं।

सरोवर है कोई....सरोवर जैसा है....नहीं.. नहीं कभी रहा होगा, अब अवशेष मात्र है, चतुर्दिक टीले नुमा पसरी मेड़ के छाती पर उग आये असंख्य कांटे दार बबूलो से मेड़ आच्छादित है....सरोवर के उत्तरी भाग में नक्कासीदार प्रस्तर खंडों से निर्मित वीरान खड़ा प्राचीन मंदिर अपने देवता के इंतज़ार में बूढ़ा हो गया है...जर्जर तन की सांसो में आरोह-अवरोह अब भी कायम है....दीर्घ काल से इंतज़ार करते-करते पूरा शरीर क्षरित हो चला है। मैं मंदिर के बाहर ही पत्थर की टूटी हुई सीढ़ियों के पास बैठ जाता हूँ, जो कभी जल तक पहुँचने के लिये बनाई गई होंगी... मेड़ के उत्तर में चबूतरे बने हुए नज़र आ रहे हैं जिससे मुझे अनुमान लगाने में कठिनाई नहीं हुई कि बस्ती के लोग मृत्यु पश्चात यहीं आते है, अंतिम शयन के लिये.... सरोवर में बीचों-बीच कीच सनित जल है, जो कमल के

पत्तों से आच्छादित है। नक्काशी दार प्रस्तर खण्ड जो अतीत में मंदिर के अभिन्न अंग रहे होंगे....यत्र-तत्र लुढ़के पड़े हैं, सामने घास उगाये खड़े हैं मेहराबदार दो प्रवेश द्वार...जो सम्भवतः अपने देवता के इंतज़ार में जागते हुये खड़े है।

मन में कौतूहल हुआ....भीतर झांकने की इच्छा बलवती हुई...भीतर एक कोठर स्मृति-शेष है, सम्भवतः यही गर्भ गृह है, यह मंदिर का हृदय भी है। निर्दयी देवता मंदिर छोड़कर चले गए है....मेरी समझ से नाम का मंदिर बचा है....बिना देवता के कैसा मंदिर ??...मन में हुआ और भीतर प्रवेश किया जाए...घुप्प अँधेरे की चादर ओढ़े एक और कक्ष होने का आभास हुआ।

तभी अज्ञात प्रकाश किरणों ने मेरी मदद की....कक्ष स्पष्ट होने लगा था...फर्श पर बदबूदार कचरों का ढ़ेर ठीक उसके ऊपर एक लकड़ी की टूटी आलमारी के भग्नावशेष के अतिरिक्त कुछ नहीं..तन में ऊपर से नीचे तक भय का अनुभव हुआ....मैं वापस फिर उसी जगह पर आकर बैठ गया।

अचानक एक अद्भुत प्रकाश से सरोवर और मंदिर परिसर जगमगा उठता है। अब मैं वह सब देख पा रहा हूँ, जो अब तक नज़र की पहुँच से दूर थे।

हाथ से तराशे गये पाषाण खण्ड यत्र-तत्र लुढ़के हुये और उन पर उकेरी गईं रति-क्रिया निमग्न मानव आंतियां जो मेरी उपस्थिति से अभिज्ञ होती हुईं भी लज्जा हीन लगीं...फिर स्वयं की समझ पर हँसी आ गयी... 'अरे !! प्रस्तर मूर्तियों में हया कैसी ?? उनसे कुछ परे एक नारी की नग्न मूर्ति जो बड़ी शिला में उकेरी हुई थी, मुस्कुराती हुई लगी...मुझे लगा ये मुझे देखकर मुस्कुरा रही है....मुझे उसकी ढ़िढ़ाई अच्छी नहीं लगी....मेरे भीतर क्रोध जन्म लेने लगा था इच्छा हुई कि नज़दीक जाकर उसे भला-बुरा सुना दूँ... लेकिन ज्ञानेंद्रियों से संकेत आया कि...'वह पत्थर की मूर्ति है...उसके चितेरे शिल्पी ने ऐसा उसे गढ़ा है कि जो भी उसकी तरफ देखेगा उसे मुस्कुराती हुई लगेगी।'

तभी मुझे ऐसा लगा कि वह नग्न मूर्ति मुझे अपनी तरह खींच रही है, मैं भी सम्मोहित हुआ खिंचा चला जाता हूं उनकी ओर... वे मुझसे कहती हैं.... हे मानव !! तू जैसा भी है, मुझे प्रिय है, तू मेरा चितेरा है...मेरा प्रेमी है।

तू भले ही हमें अश्लील समझे...हम श्लील हैं...यदि तुम्हे यकीन नहीं है तो उतार फेंक बाह्य आवरण, फिर झाँक मेरी आंखों में....तुझे सब कुछ दिखेगा... जो देखना चाहता है...मेरा तन-मन से नियंत्रण खत्म हो गया था..मैं निर्वस्त्र हो जाता हूँ...निर्वस्त्र होते ही मेरी आँखों में पड़ा अश्लीलता का पर्दा स्वमेव हट जाता है....मैं स्वयं को श्लील महसूसते हुये उसकी आँखों में झांकता हूँ.... लेकिन कुछ दिखाई नहीं देता है...तब वह आदेशात्मक स्वर में कहती है......'मेरे शरीर में प्रवेश कर...एकाकार होने पर मैं और तुम का विलोपन स्वमेव हो जायेगा... फिर जितना मुझे मालुम है, तुम्हे भी वह सब मालुम हो जायेगा... विषमता खत्म होकर समता आ जायेगी।'

अचानक वह मूर्ति पीठ के बल सीधी हो गयी...अब उसके उन्नत उरोज, कटि और योनि स्पष्ट दृष्टव्य हो रहे थे...चंद पल बीते होंगे कि उसने किसी शक्तिशाली चुम्बक की भांति मुझे योनि मार्ग से भीतर प्रविष्ट करा लिया। अब वह मूर्ति सजीव नारी थी...मूक दृष्टा हुआ मैं अचरज से भरा वह देख रहा रहा था, जिसके बारे में न कभी सुना था और न ही किसी किताब में पढ़ा था।

कुछ समय पहले जो मंदिर खंडहर की शक्ल में था, अब वह साफ सुथरा मंदिर था, इधर-उधर नग्न पड़ी हुई मूर्तियां अब मंदिर के द्वार तरफ की दीवार में देवी-देवताओं की शक्ल में प्रतिस्थापित हो गई थी, गर्भ गृह में त्रिदेव अपने-अपने आसन में विराजमान थे, मंदिर की विशाल भित्तियों में देवताओं ने कब्जा कर लिया था, नज़र रखने तक की जगह नहीं बची थी।

कुछ देर पहले तक जो कक्ष बदबूदार था, अब वह अलौकिक गंध से महक रहा था, उसके मध्य स्थित हवनकुंड से निकलता हुआ धुँआ पवन संग उड़कर दिगदिगन्त को सुगन्धित करता हुआ अन्तरिक्ष गमन कर रहा था।

लकड़ी की टूटी हुई अलमारी अब नवीनता लिये हुए वेद, पुराण, उपनिषद, गीता, बाइबिल, और गुरुग्रन्थ साहिब को सहेजे हुये थी, और भी अनेक भाषा की अनेक किताबे धर्मशास्त्र, राजनीति, इतिहास और चिकित्सा की रखी थी...वह अलमारी विशाल लाइब्रेरी की शक्ल में गोचर थी।

पूजा अर्चना के लिए हर वय के लोग आ-जा रहे, पठन-पाठन शँखतध्वनि और मंत्रोच्चारण से दसों दिशायें गुंजायमान हो रही थीं। मुझे अलौकिक और अवर्णनीय आनन्द की अनुभूति हो रही थी।

फिर वह नारी मुझे लेकर टीले में चली गई, वहाँ से मंदिर के आसपास का दृश्य भी दिखने लगा था....'उधर देखो' उसने सरोवर की तरफ तर्जनी उठाकर इशारा से कहा....अहा !! कुछ देर पहले तक जिसे सरोवर मानने से इंकार कर रहा था, अब वह शीतल-निर्मल वरि से लबालब था। सरोवर में अब कमल खिले हुये थे, जो पवन के मंद-मंद झोंको से हिलने-डुलने लगे थे। आसमान से आती रवि-किरणें कमल पंखुड़ियों को दुलारती हुई विहँस रही थीं। सरोवर में जलक्रीड़ा करते हुए रंग-बिरंगी पंखीय परिधान में सज्जित पक्षी गण संगीत के सप्त सुरों का रियाज़ कर रहे थे। जो कुछ देर पहले मेड़ो में कांटेदार बबूल थे, वे लताओं और पुष्प बेलि में तब्दील होकर धरा को स्पर्श कर रहे थे। लुभावना, मोहक दृश्य था, जिसे मैं उस नारी के आंख में बैठा निर्मिर्मेश भाव से देख रहा था।

'चलें।' उसने मुझसे पूछा।

'कहाँ।'

'भुनसारे से पहले सरोवर की सैर कराना चाहती हूँ।' उसके आवाज़ में गजब की मधुरता और झंकार थी, जैसे सितार के सभी तार एक साथ छेड़ दिये गये हों...मुझे लगा जब इसके कण्ठ से फूटे बोल इतने मधुर और सुंदर है, तब यह सम्पूर्ण रूप से कितनी सुंदर होगी। उसे देखने की इच्छा मेरे मन में प्रबल हो गई।

'सुंदरी !! तुम्हें देखने की ललक मन में उठी है, क्या प्रत्यक्षतः दर्शन

हो सकते हैं ??'

कुछ पल खामोशी में गुजरे फिर वह बोली…'सरोवर के मध्य भाग में नज़र केंद्रित करो, वहीं मुझे देख सकते हो।'

सरोवर के मध्य भाग में मैंने नजरें टिका दीं…कुछ पल बीते होंगे कि एक रमणी की नग्न आँति जल में उभरी, उसका कनक वर्ण तन कमल-पंखुड़ियों की भांति दमक रहा था, चेहरे में अभूतपूर्व आभा थी, जिसका बिंब जल में पड़कर प्रतिबिंबित होकर सीधे मंदिर से टकरा रहा था। सांचे में ढला सुगठित, सुंदर काया की अनिंद्य सुंदरी का रूप मैं देखता ही रह गया। उसे विधाता ने विशेष सांचे के इस्तेमाल से सम्भवतः फुर्सत में बनाया था। 'तुमने अपना नाम नहीं बताया पुरुष।' उसकी मधुर वाणी की झंकार से मेरी निगाहें सरोवर से लौटकर पुनः मूर्ति के नेत्र में आ गईं थी।

'तुमने कुछ कहा ??' मैंने प्रश्न किया।

'तुम्हारा नाम जानना चाहतीं हूँ।'

मैंने मस्तिष्क में बहुत जोर लगाया…लेकिन अपना नाम भूल चुका था…उसे अब क्या बताता।

'शायद तुम अपना नाम भूल गये हो…कोई बात नहीं…मैं अब तुम्हें 'शिल्पी' नाम से सम्बोधित करूंगी, कैसा लगा ये नाम ??

'बहुत प्यारा…बहुत सुंदर।' …अपना भी नाम बताओ न।

कल-कल झरने से निःसृत निनाद जैसी मधुरिम बोली में मधुरस मय हास घोलती हुई वह बोली…

'किसी मूर्ति का कोई नाम होता है ? तुम जिद करोगे इसलिए मुझे 'चित्र-रेखा' कह सकते हो।

'जितनी सुंदर हो…उतना ही सुंदर नाम है।

'कुछ सवाल है मेरे, क्या उत्तर दोगी ??'

'क्यों नहीं....पूछो।'

'तुम वस्त्र धारण क्यों नहीं करती ??'

'हम प्रस्तर मूर्तियों को वस्त्र पहनना मना है, मानव हमें नग्न देखना पसंद करता है ??

'कुछ भी हो, नारी की अनुकृति तो हो न...क्या यह अश्लील नहीं हुआ?? 'जहां शिव लिंग की पूजा होती हो, महावीर स्वामी की पूजा होती हो, जैन दिगम्बर साधूओं की पूजा होती हो, वहाँ कैसी अश्लीलता !! अश्लीलता तुम्हारे चित्त और अन्तःकर्ण के विकार है, सृष्टि में कुछ भी अश्लील नहीं है, जो कुछ गोचर-अगोचर है सब श्लील है, यदि अश्लीलता की परिभाषा नग्नता है, तो हर जानवर अश्लील है, हर देवी-देवता की मूर्तियाँ अश्लील है। कुंठित काम विकार से अश्लीलता दिखती है, वर्ना सारी सृष्टि 'सत्यम, शिवम सुंदरम है।'

'और आगे कहो न चित्र-रेखा।'

'विस्तारित कहने का कोई फायदा नहीं...सार-तत्व इतना ही है, इतना ही मुझे मालुम है, जो बता दिया। शिल्पी !! सुन रहे हो न, अब तुम्हे जाना होगा, भुनसारा सन्ननिकट जान पड़ता है।'

'नहीं चित्र रेखा, मुझे कहीं नहीं जाना, अब तुमसे जुदा होकर जी नहीं सकता।'

'जिद नहीं करते....आना-जाना लगा रहेगा....इसके पहले भी तुम यहाँ आ चुके हो...बस तुम्हें याद नहीं है...सृष्टि का नियम भंग करने की ताकत किसी में नहीं है, अब तुम्हें जाना होगा....जिस द्वार से मेरे भीतर प्रवेश किये हो, उसी द्वार से तुरन्त बाहर निकल जाओ।'

'चित्र रेखा... ।'

'अलविदा...शिल्पी।'

मुझे फिर इतना याद है कि मैं बहुत जोर से चीखा था, किन्तु मेरी

चीख सुनकर कोई दौड़ने वाला नहीं था, दीवारों से टकराकर चीख शांत हो गई थी, मैं घबराकर बिस्तर में बैठ गया था, पूरा जिस्म पसीने से तरबतर था, साँसे धौकनी की तरह चल रही थीं, मैं उन सांसो को नियंत्रित करने की कोशिश में जुट गया था।